中国文化
经纬

唐风宋韵
中国古代诗歌

李庆　武蓉　著
严绍璗　审定

中国书籍出版社
China Book Press

图书在版编目（CIP）数据

唐风宋韵·中国古代诗歌 / 李庆, 武蓉著. — 北京:
中国书籍出版社, 2014.11
ISBN 978-7-5068-4549-6

Ⅰ.①唐… Ⅱ.①李…②武… Ⅲ.①唐诗—诗集②宋诗—诗集③唐宋词—选集 Ⅳ.①I222.74②I222.84

中国版本图书馆CIP数据核字(2014)第246893号

唐风宋韵·中国古代诗歌

李庆 武蓉 著

责任编辑	戎骞 安玉霞
责任印制	孙马飞 马芝
封面设计	汉石美迪
出版发行	中国书籍出版社
地　　址	北京市丰台区三路居路97号（邮编：100073）
电　　话	（010）52257143（总编室）　（010）52257153（发行部）
电子邮箱	chinabp@vip.sina.com
经　　销	全国新华书店
印　　刷	三河顺兴印务有限公司
开　　本	635毫米×970毫米　1/16
字　　数	120千字
印　　张	14
版　　次	2015年10月第1版　2015年10月第1次印刷
书　　号	978-7-5068-4549-6
定　　价	35.00元

版权所有　翻印必究

《中国文化经纬》系列丛书编委会

顾问 汤一介 杨 辛 李学勤 庞 朴
　　　 王 尧 余敦康 孙长江 乐黛云

主编 王守常

编委（按姓氏笔画为序）

　　　 王 平 王小甫 王守常 邓小楠
　　　 乐黛云 江 力 刘 东 许抗生
　　　 朱良志 孙尚扬 李中华 陈平原
　　　 陈 来 林梅村 徐天进 魏常海

总　序

二十世纪三十年代，陈寅恪先生在冯友兰《中国哲学史》下册的《审查报告》中说："窃疑中国自今日以后，即使能忠实输入北美或东欧之思想，其结局当亦等于玄奘唯识之学，在吾国思想史上既不能居最高之地位，且亦终归于歇绝者。其真能于思想上自成系统，有所创获者，必须一方面吸收输入外来之学说，一方面不忘本来民族之地位。此二种相反而适相成之态度，乃道教之真精神，新儒家之旧途径，而二千年吾民族与他民族思想接触史之所昭示者也。"今天读陈先生的话，感慨良多。先生所言之义：佛教传入中国，其教义与中国思想观念制度无一不相冲突。然印度佛教在近千年的传播过程中不断调适，亦经国人改造接受，终成中国之佛教。这足以告知我们外来思想与中国本土思想能够融合、始相反终相成之原因，在于"必须一方面吸收输入外来之学说，一方面不忘本来民族之地位"。这就是我们经常讲的，当下中国文化必须"返本开新"。如有其例外者，则是"忠实输入不改本来面目者，若玄奘唯识之学，虽震荡一时之人心，而卒归于消沉歇绝"。

我以为近代中国落后于西方，不应简单视为文化落后，而是二千多年的农业文明在十八世纪已经无法比肩欧洲工业文明之生产效率与市场资源的合理配置，由此社会政治、国家管理制度也纰漏丛生。由是而观当下之中国，体制改革刻不容缓，而从五四时代以来的文化批判也需深刻反思。启蒙运动对传统文化的批评固然有时代需求，未经理性拷问的传统文化无法随时代而重生。但"五四运动"的先贤们也犯了"理性科学的傲慢"，他们认为旧的都是糟粕，新的都是精华，以二元对立的思考将传统与现代对峙而观，无视传统文化在代际之间促成了代与代的连续性与同一性，从而形成了一个社会再创造自己的文化基因。美国学者席尔思写了一部书《论传统》，他说：传统是围绕人类的不同活动领域而形成的代代相传的行为方式，是一种对社会行为具有规范作用和道德感召力的文化力量，同时也是人类在历史长河中的创造性想象的沉淀。因而一个社会不可能完全排除其传统，不可能一切从头开始或完全取而代之以新的传统，而只能在旧传统的基础上对其进行创造性的改造。此言至矣！传统与现代不应仅在时间序列上划分，在文化传承上可理解为"传统"是江河之源，而"现代"则是江河之流。"现代"对"传统"的理性诠释，使"传统"在"现代"得以重生。由此，以"同情的敬意"理解自己民族的文化传统是当下中国的应有之义，任何历史文化的虚无主义都要彻底摒弃。从"五四"先行者到今天的一些名士，他们对传统文化进行激烈批判，却也无法摆脱传统文化对自己的思维方式和价值观念的影响。这样的事实岂可漠视。

这套《中国文化经纬》丛书是在1993年刊行的《神州文化集成》丛书的基础上重新选目、修订而成。自那时到今天，持续多年的"文化热"、"国学热"，昭示着国人对自己民族文化的认同还处在进行时。文化决定了一个民族的性格，民族性格决定了一个民族的命运。中国文化书院成立至今已有30年了，书院同仁矢志不移地秉承着"让世界文化走进中国,让中国文化走向世界"之宗旨,不负时代的责任与担当。此次与中国书籍出版社合作出版这套丛书,期盼能在民族文化的自觉、自信、自强上有新的贡献。

王守常

2014 年 12 月 8 日

于北京大学治贝子园

目 录

总　序 …………………………………………………… 1

第一章　中国诗歌的初步形成 ………………………… 1
　　一、诗歌之花是怎样在华夏古国开放的？……………… 1
　　二、从《诗经》的汇集看中国诗歌的最初形成过程　14
　　三、《诗经》奠定了中国诗歌的基本风格特点 …… 23

第二章　中国诗歌的丰富和发展 ……………………… 33
　　一、又一朵奇葩开放——楚辞 ………………………… 33
　　二、汉乐府民歌进一步发展了《诗经》风体诗 …… 39
　　三、五言诗的形成和七言诗的出现 …………………… 51

第三章　中国诗歌的第一个高峰——唐诗 …………… 66
　　一、唐诗盛世的形成原因 ……………………………… 66
　　二、新风貌的开创——初唐诗坛革新 ………………… 71
　　三、群星争辉，云蒸霞蔚——盛唐诗坛出现高潮 … 77

1

四、新乐府运动及中唐新诗风 ………………………… 88
　　五、灿烂唐诗的晚霞 …………………………………… 101

第四章　中国诗歌的第二个高峰——宋词 ………………… 111
　　一、词之兴起，与诗同辉 ……………………………… 111
　　二、词至北宋，势如潮涌 ……………………………… 119
　　三、词至南宋，形成高峰 ……………………………… 132

第五章　中国诗歌的第三个高峰——元代散曲 …………… 145
　　一、散曲的兴起 ………………………………………… 145
　　二、元代散曲，别有韵味 ……………………………… 150

第六章　唐风宋韵长久不衰 ………………………………… 168
　　一、宋诗漫卷耀眼明 …………………………………… 168
　　二、唐风盖百代，时闻新歌声 ………………………… 190
　　三、词河常流，波滚浪翻 ……………………………… 199

出版后记 ……………………………………………………… 207

第一章　中国诗歌的初步形成

一、诗歌之花是怎样在华夏古国开放的？

黑格尔在其《美学》第三卷中曾经说过一句话：

诗的用语产生于一个民族的早期，当时的语言还没有形成，正是要通过诗才能获得真正的发展。

这句话表面看来，次序颠倒，混乱违理，似乎不是语言创造了诗，而语言倒成了诗的产物。但细一揣摸，却道出了一个真理，即人类语言的历史，是首先从诗开始的。考察世界上每一个民族的最初发展历史，几乎都证明了这一点。这是因为在原始人类的时代，通常人们所想象的语言还未形成，原始人用一种笨拙的、摹声又拟形的"连喊带比划"的半哑式语言交流思想感情，是一种"充满热情的歌唱的语言"，"是诗人的语言"（卢梭语）。也就是说，在原始人类那里，"诗"与"语言"曾经是二位一体的。由此看来，在人类其他艺术形式出现之前，作为原始人"有声语言"的"歌"，首先出现了。也就是说，诗歌是世界上每个民族首先开放出来的艺术之花。这在东西方世界都是相同的。不过，各民族诗歌的具体形式，却不是千篇一律的。这一点，同样为世界各民族的诗的形式、诗的风格、诗的特点、诗的历史、诗的传统所证明。由于受着地域环境的影响，受着各民族心理习惯诸因素的影响，各民族的诗从一开始产生，就都具有自己独特的风格特点和历史传统。例如，东方世界和西方世界的诗就有很大的不同，中国诗与西洋诗就有很大的不同。读中国诗的人会注意到，中国诗以汉民族的诗为代表，从古到今，差不多都是篇章短小的抒情诗；而研究西洋文学的人都会知道，西洋诗的重点在于史诗。

西洋诗以史诗开先河，首先出现了古希腊荷马（约公元前十世纪）的《伊里亚特》和《奥德赛》两部著名的史诗，从而开始了西洋诗重史诗的传统。古希腊文学中也有抒情诗，如萨福（公元前六〇〇年前后）和品达（约公元前五二二——前四四三年）都写过抒情诗，但他们的作品不被人们看重。人们重视的是《伊里亚特》和《奥德赛》。古希腊的著名哲学家和文艺理论家亚里士多德（公元前三八二——前三四四）在他的著名著作《诗学》中，大谈史诗和戏剧，却看不起抒情诗，说它是"不入乐的散文和不入乐的韵文"，"只用语言来模仿"，"这种艺术至今没有名称"。西洋文学沿着这个传统发展下来，一直重视史诗。英国最早的诗篇是八世纪时代的《贝奥伍尔夫》，这是一首叙述英雄贝奥伍尔夫怎样打败妖怪的长篇史诗，接着先后出现了弥尔顿（一六〇八——一六七四）三大篇史诗：《失乐园》（一六六七）、《复乐园》（一六七一）和《力士参孙》（一六七一），拜伦（一七八八——一八二四）的长诗《恰尔德·哈罗德游记》（一八一二——一八一八）和《唐·璜》（一八一八——一八二三），雪莱的《解放了的普罗米修斯》（一八一九）。这些都是史诗类的诗篇或诗剧。华兹华斯写了不少优美的抒情诗，并且以此著名，但他还要立志写一部伟大的史诗，定名为《隐士》，认为只有这样才能使自己垂名不朽。可见，在西洋人的眼里，史诗占着多么重要的地位，而把抒情诗看作次要的。

在中国，从《诗经》开始，千百年来的诗歌一直沿着抒情诗的传统下来。《诗经》中所收的几乎全部是抒情诗，《诗经》

以后的《楚辞》，也是抒情诗。接下来的汉魏乐府和五言诗，也都是抒情诗。唐朝是我国诗的高潮时期，宋朝是我国词的高潮时期，唐诗和宋词都是抒情的。元代的戏剧中包含着大量的抒情诗，散曲则都是抒情诗篇。我国汉民族也有叙事诗，《孔雀东南飞》和《木兰诗》就是著名叙事诗，前者叙述一个爱情悲剧，后者叙述女子代父从军，但其人物、情节、风格都带有很大的抒情成分。

考察我们民族的历史，根据迄今为止所能发现的历史资料，作为我们民族最先开放出来的艺术花朵的诗歌，是伴随着我们民族的生产劳动、地域环境、心理构造、风俗习惯、音乐舞蹈、语言文字等等方面的特点而生根、发芽、萌动、含苞、破蕾、开放的。它是我们民族的生产劳动之花、心理习惯之花、歌舞音乐之花、语言文字之花。

关于民族生产劳动之作用，远在人类发音清晰的语言产生之前，我们的祖先在从事生产劳动的时候，很自然地喊出有节奏的声音，这就是劳动呼声。这种"劳动呼声"，不仅在生理上适应着劳动的节奏，调剂着劳动者的动作和呼吸，减轻他们的疲劳，而且也协调着集体劳动者的共同动作，使大家彼此配合，提高劳动的效率。人类最初的诗歌，就孕育在这种"劳动呼声"之中。鲁迅先生在《门外文谈》中说："我

第一章　中国诗歌的初步形成

们的祖先的原始人,原是连话也不会说的,为了共同劳作,必须发表意见,才渐渐地练出复杂的声音来。假如那时大家抬木头,都觉得吃力了,却想不到发表,其中一个叫道'杭育杭育',那么,这就是创作,大家也要佩服、应用的,这就等于出版;倘若用什么记号留存下来,这就是文学;他当然就是作家,也是文学家,是'杭育杭育派'。"在我国古代的文献里,就有把劳动呼声称为诗歌的例子。如《淮南子·道应训》中说:"今夫举大木者,前呼'邪许',后亦应之,此举重劝力之歌也。"可见,人类最初的歌声是伴随着劳动的呼声而出现的。

诗歌产生的这种现象在世界各民族中间是共通的,或者说,是必然的阶段。造成世界各民族之间诗歌不同风格不同特点的原因,恐怕首先要从他们所从事的生产劳动的不同内容方面去寻找。尽管各民族之初都经过一个狩猎阶段,但随着后来的发展,各民族之间在具体的生产劳动内容方面出现了差异。即根据各自的地域环境,有的民族将野兽驯服,进行放牧,过着游牧生活;有的民族发明了农业,将植物种子播种后再收获,从事着农业生产;有的民族生活在江海之畔,以打鱼为业;有的民族处在山林之中,主要以采集山珍野果生活,等等。这种不同的生产劳动内容,规定、限制和影响着他们的视野,各自在自己的诗歌中反映着他们具体的、不同的生产劳动内容。主客观诸多因素的互相影响,随着历史的积累和沉淀,就逐渐形成了不同特色、不同风格的诗歌。

从中国的情况来看,华夏民族最初的生活地点,主要是在黄河流域。黄河流域地肥水美,原始社会后期就有了种植五谷的农业。这里的多数人从事着农业生产劳动。因此,华夏民族的诗歌,多是反映农业生产劳动以及与此有关的内容。例如,《礼记·郊特牲》记载了一首相传是伊耆氏神农时代的《蜡辞》,就是祈祷农业丰收的:

土反其宅!(土,返回你的原地!)

水归其壑!(水,流归你的沟壑!)

昆虫毋作!(昆虫,不要作怪!)

草木归其泽!(野草,长到你的泽滩去!)

这是一首腊祭的歌辞,其内容是劳动者以责备的口气,命令那些危害农作物的东西,不要施恶于农作物,反映了劳动者希望来年风调雨顺、取得丰收的心情。又如,《吕氏春秋·古乐篇》记载,传说上古葛天氏时,有乐曲八章,三个人拿着牛尾,踏着脚唱歌,八章歌的名目,都是围绕着农耕和畜牧业方面的生产劳动。至于反映周代社会生活的《诗经》，描写农业生产劳动方面的诗歌，就更多了。打开《诗经》，凡是反映劳动人民生活方面的篇章，几乎都是描写黄河流域一带人民从事农业劳动以及与此有关的人情风土、环境特点的。如《七月》，叙述了豳地农民一年四季的劳动过程和劳动生活的各个方面；《甫田》《大田》《载芟》《良耜》叙述了农民选种、除草、施肥、灭虫和制造农具等有关农业生产的各方面的活动；即使是表现爱情生活的《桑中》《氓》《木瓜》《君子于役》以及反映人民反抗剥削压迫的《硕鼠》《伐檀》《相鼠》等诗篇，也充满了有关农业生产和黄河流域地带的风土人情。

由此看来，我们中华民族的诗歌，不仅是伴随着最初的劳动呼声和歌声而产生的，而且是伴随着后来主要从事的农牧业劳动而出现的。

关于民族心理习惯之作用。我们研究诗歌的起源，不但要看到具体的生产劳动内容所起的作用，而且要看到作为创作主体的民族的心理世界所起的作用。世界上各民族都有自己特定的心理世界。这种特定的心理世界，不是凭空产生的，而是受各种客观条件长期影响形成的。比如古希腊人认为，主宰整个宇宙和人生的是万神之王宙斯，于是把人间发生的一切都纳入了宙斯救世的神灵光圈之中。荷马史诗就是一个生动的证明。公元前十二世纪,在小亚细亚西部沿海城市特洛伊发生了长达十年的战争,涌现出了无数英雄豪杰和可歌可泣的事迹。这些事迹在流传中逐渐被希腊人披上了宙斯救世的神话外衣,出现了关于特洛伊战争的许多神话传说故事。到公元前十世纪,被双目失明的行吟歌手荷马作为素材,创作出《伊里亚特》和《奥德赛》两部史诗。而在中国,虽然出现过许多神话故事,但并未形成一个统一的神灵救世的主体。人们崇尚的黄帝、尧帝、舜帝、大禹和后稷,都是一些农耕、治水、治病、为民众办好事的贤良人物,他们为民众所办的好事的具体内容,也成了人们所崇尚的东西,把生活的热情更多地倾注于农耕、畜牧、治水、伐木、纺织等等实实在在的生产劳动之中,创作出来的诗歌也围绕着这些现实生活中的内容,呈现出现实主义的风格。《诗经》中所收集的诗歌就生动地说明了这个问题。

民族的心理定势在一个民族的诗歌形成过程中起着重大的作用。这种心理定势,实际上就是一个民族对所从事的整体实践的集体感受。这种民族的集体感受一旦形成之后,很不容易消失,久而久之,便变成了民族的心理习惯,以至发展成为民族的文化习惯、风俗习惯。而习惯一旦形成,它便

第一章　中国诗歌的初步形成

会以情不自禁、不期而至的方式持续下来，有如物理学中的惯性力量，成为一种推动民族文化向特定方向发展的强大动力。我们民族的诗歌，正是在这种文化心理习惯力量的推动下逐步形成、逐步发展起来的。这便是我们民族的诗歌之所以一开始就形成崇尚现实生活的现实主义风格的原动力。

关于民族音乐歌舞之作用。诗歌的产生，与音乐有着密切的关系。在西方，诗是以听觉艺术开始的。荷马是一位盲诗人，他的诗是唱的。早期欧洲的诗也是唱的。中世纪欧洲有"吟游诗人"。现在英语中讲到诗人时，不仅称之为"诗人"，也可叫"吟游诗人""吟唱者""歌手"。这表明，在西方诗从老早起就是与音乐密切结合的。

中国诗从开始产生起，便不但和音乐紧密结合在一起，而且与舞蹈紧密结合在一起。我们的祖先，在集体劳动中，为了协调大家的动作，人们呼喊着歌声，移动着脚步，扭动着身体，或者拍打着工具，一边唱，一边跳，诗歌、音乐、舞蹈三者紧密结合。例如《吕氏春秋·古乐篇》记载上古葛天氏时，"三人操牛尾，投足以歌八阕"，虽然歌词没有传下来，从"操牛尾""投足""歌八阕"的情形看，当时的诗歌和音乐、舞蹈是紧密结合在一起的。还有《竹书纪年》上记载的帝舜时期的"击石拊石，以歌九韶，百兽率舞"，也大致说明了远古时代我们的祖先在敲击石器的伴奏下，唱着歌并跳着拟兽舞的情况。这种现象一直流传至今，在许多地方的新春民间社火娱乐活动中还常常出现。

原始人所从事的劳动是单纯而繁重的，个体劳动者需要体力的自身协调，集体劳动需要共同的动作统一，因此，劳动时往往要按一定的节奏进行。鲜明而强烈的节奏产生了他们劳动的呼声和歌声。正如普列汉诺夫所指出的："在原始部落那里，每种劳动有自己的歌，歌的拍子总是十分精确地适应于这种劳动所特有的生产动作的节奏。"（普列汉诺夫《论艺术》）悦耳的音调与节奏是人类的自然要求，也是诗歌产生的重要因素。我们民族的诗歌，正是在这种悦耳的音调与节奏之美中产生和发展起来的。《诗经》中所收集的诗歌，便是原始社会后期人民群众口头传唱的民歌（十五国风）或者在庙堂里供贵族祭祀时歌唱的诗歌（雅、颂）。

舞蹈，本是原始社会人们在劳动和祭祀活动中配合歌唱手舞足蹈的各种姿势动作，不但引起人们的兴趣和娱乐，而且进一步引发和加强了歌唱的节奏和音韵之美，也是诗歌产生和发展的重要因素之一。《诗经》中"颂"诗，就是配合乐器并带有舞蹈表演的诗歌。这种状况，在我们民族的诗歌发展中常常出现，特别在后来出现的戏曲中，更是诗歌（唱词）

第一章 中国诗歌的初步形成

和舞蹈动作（表演）紧密结合在一起的。

关于民族语言文字之作用。诗歌是语言文字的艺术，不管原始诗歌经过多么长期的发展，最终都要以语言文字的形式表达出来，流传下去。因此，世界各民族的诗歌迥异，最终要从语言文字上加以区别。

汉字和拉丁化文字大不相同。拉丁化文字用字母，以字母拼成单词。但汉字不用字母，用的是形象化的"方块字"。所以在诗体表现形式上，具有很大的不同点。

考察我们民族语言文字的历史是一件非常复杂的任务。文字是记录语言的书写符号系统，它的形成经历了漫长的时期。汉字是汉族祖先在长期的社会实践中创造的。《周易·系辞下》云："上古结绳而治，后世圣人易之以书契。"提出了汉字发生的线索，汉字产生的年代已不可考，在陕西长灵台、西安半坡、临潼姜寨等地的遗址中，都发现刻画在陶器上的一些符号。史家考证，这些符号已具有文字的性质，是中国文字的起源。西安半坡遗址距今六千年左右。在安阳殷墟发现的商代后期的甲骨卜辞和器物铭文中的文字，是现在能看到的最古的成批汉字，距今三千余年。

恩格斯说："语言是从劳动中并和劳动一起产生出来的，这是唯一正确的解释。"（《自然辩证法》）可见，语言的产生和人类一样古老,是几十万年以前的事了。人类最初的语言是什么样子,实在无法考察了。但从一些称为"活化石"的原始部落那里,从最早记载的材料中以及幼儿语言的启示中,我们还是可以揣测出原始语言的大体模式。即:那时的语言是一种建立在原始人情绪体验和运动知觉之上的直观的"集体表象",是一种"绘声绘影"与"手势动作"的糅合体。我们所说的"劳动呼声",就是这种糅合体的体现。这种呼声虽然是诗歌的萌芽,但只是一种"孕而未化的语言"(闻一多《歌与诗》),只能表示某种简单的情绪。后来随着人类实践活动的发展,这种呼声才开始有了比较明确的意志和愿望的内容,出现了语言。最初在劳动呼声中出现的语言是非常简单的,只是劳动中所见所闻的某些简单的事物,这些语言只是劳动呼声的附属部分。后来又随着人类生产劳动和生活内容的丰富和发展,加到劳动呼声中的包含一定内容的语言成分,也逐渐丰富起来,不只是当场的见闻,而且有了劳动的回忆、想象,有了对不合理事物的诅咒、反抗,有了男女爱情的追求,等等。到了这时,有思想内容的语言部分,便占据了主导地位,而劳动呼声逐渐衍变为语气助词。这时,人类的语言便正式出现了。但是,这时的语言仍然非常简单,人们说话时的声音是一声一顿或者两声一顿,体现在唱歌时,

第一章 中国诗歌的初步形成

便是两声一顿再加呼声语气助词。于是两音为一节奏的原始诗歌,便在我们民族中出现了。比如,《吴越春秋》上记载了一首相传是黄帝时代的诗歌《弹歌》,就是这种样子:

断竹,(砍断竹子,)
续竹,(作为武器,)
飞土,(掀起土块,)
逐肉。(追捕猎物。)

又如在《周易》中记载的一首殷代诗歌,也是这种样子:

屯如,(道路真艰难啊,)
邅如。(走过来又走过去。)
乘马,(我骑着马儿,)
班如。(盘旋着行走。)
匪寇,(不是去对敌作战,)
婚媾。(而是去找心爱的人。)

郭沫若解释说:"这是写一个男子骑在马上,迂回不进,他不是去从征,是去找爱人。邅班为韵,寇媾为韵。更加三

个如字的语气助词,把那迂回不进的情趣表示得多么的充足呢!"(见《中国古代社会研究·周易时代的社会生活》补注一)

后来,随着人类历史的发展,人们逐渐发现两音一节的句型不能充分表达自己的感情,便又加了一节,变成两节一句的四言诗歌。如《中孚》九三:

鹤鸣在阴,(一只鹤在阴暗处鸣叫,)
其子和之;(它的幼鹤和唱;)
我有好爵,(我有一个好酒杯,)
吾与尔靡之。(咱俩同饮一杯欢乐酒。)

其形式已近于《诗经》中的诗型了。

二、从《诗经》的汇集看中国诗歌的最初形成过程

中国远古诗歌,流传下来的很少。从流传下来的为数不多的远古诗歌来看,在艺术上还很不成熟,实际上处在萌芽阶段。中国诗歌的历史,严格地讲,应从《诗经》中所收集的那些诗歌产生的时期开始。

《诗经》是我国最早的一部诗歌总集,收集的是我国公元

第一章　中国诗歌的初步形成

前十一世纪(西周初)至公元前六世纪(春秋中叶)的诗歌作品，代表了西周至春秋时代五六百年间华夏民族的最初诗歌创作。

《诗经》现存三百零五篇，分为三类：风、雅、颂。风，包括十五国风：周南、召南、邶风、鄘风、卫风、王风、郑风、齐风、魏风、唐风、秦风、陈风、桧风、曹风、豳风，共一百六十篇。雅，分为大雅、小雅。大雅三十一篇，小雅七十四篇，共一百零五篇。颂，分为周颂、鲁颂、商颂。周颂三十一篇，鲁颂四篇，商颂五篇，共四十篇。按照郑樵的说法："风土之音曰风，朝廷之音曰雅，宗庙之音曰颂。"古人所说的"风"，是指声调而言，"郑风"就是郑国的调儿，"齐风"就是齐国的调儿，即用地方音调所唱的歌。所以，风、雅、颂是按乐调来分类的。所谓"风"，就是土风、土乐，即地方乐调。十五国风就是十五个不同地方的乐调。所谓"雅"，就是雅乐、正乐。"雅"，《说文》："雅，楚鸟也，……秦谓之雅。从隹，牙声。"是秦地的乐调。秦地今陕西，西周都城"镐"属秦地，所以周代把秦地的乐调称为中原正音。"雅"就是中原正音的乐调，是天子所在地方的乐调。《左传》说："天子之乐曰雅。""雅"是天子用的乐调，是朝廷和贵族在宴飨交际时用的音乐。雅有大、小之分。惠周惕《诗说》认为大、小雅就像后代音乐的大吕、小吕一样，是秦地之内的乐调的区别。"颂",《说文》:"皃(貌)也",意思是表演时的"样子""姿态",是皇家在宗庙祭祀场合中用来娱乐神祇和祖先的舞蹈音乐。

从风、雅、颂的音乐分类,我们可以看出《诗经》中的诗,原来都是配合乐调的歌辞。尽管它们的乐曲远在战国时代就已失传,但从这些音乐歌曲的不同性质,可以看出这些歌辞的不同的来源。十五国风属于流传在人们口头上的地方歌谣,约在现今的陕西、山西、河南、河北、山东和湖北北部等黄河流域和长江流域的部分地区。"雅""颂"是朝廷宗庙祭祀和宴飨的音乐,它的歌辞也就大都出于贵族或为他们服务的乐工之手。不论哪一类歌辞都是为配合音乐而唱的,属于歌辞类的诗歌形式。

我们现在看到的《诗经》是经过古人不断收集、整理和多次加工修改而成形的定本。郭沫若曾在《简单地谈谈诗经》一文中说:"风雅颂的年代绵延了五六百年,国风所采的国家有十五国,主要虽是黄河流域,但也远及长江流域。在这样长的年代里面,在这样宽的区域里面,而表现在诗里的变异性却很小。形式主要是用四言,而尤其值得注意的是,音韵相差不多。音韵的韵律就是在今天都很难辨别,南北东西有各地的方言,音韵相差甚远。但在《诗经》里却呈现着一个统一性。这正说明《诗经》是经过统一加工的。古人说孔子删诗，虽然不一定就是孔子，也不一定就是孔子一个人，但《诗经》是经过删改的东西，这种形式音韵的统一就是它的内证。此外，如《诗经》以外的遗诗，散见于诸子百家里的，便没有这么整齐谐适，又可算是一个重要的外证了。"（见《雄鸡集》一六九页）

郭沫若的这个分析是可信的。由此可以断定，在《诗经》定型之前，华夏民族的诗歌曾经历过一个长期的由不成熟到逐步成熟，由不统一到逐步统一的发展衍变过程。根据一些古文献的记载和《诗经》本身所提供的资料来分析，这个发展、衍变过程，大致经过三个阶段：

第一阶段：原始呼唱时期

前面已经说过，我们的祖先在几十万年以前，为配合生产劳动就开始了有节奏的呼唱。后来随着语言的出现，产生了两音一节的原始诗歌，进而又发展成为四音两节的原始诗歌。这种进化，看似简单，但却经历了很长的时间。这期间的诗歌，基本上是一种呼唱诗歌，或者叫原始诗歌。其内容比较单纯，不是配合劳动，就是对劳动、交往、爱情方面的简单回忆和追求，或者是对不合理事物的简单诅咒、反抗。

还很不成熟，很不统一，更没有形成统一的音韵。这一时期的诗歌，现在虽然无法考证了，但从前面所引用的远古时期的"邪许"歌，上古葛天氏时"三人操牛尾，投足歌八阕"，黄帝时代的《弹歌》，伊耆氏神农时代的《蜡辞》，殷商时代的《屯》六二、《中孚》九三，完全可以看出原始诗歌的影子。就是从《诗经》中某些诗歌残留的原始诗歌的痕迹，也可以看出原始诗歌的蛛丝马迹。例如产生于西周早期的"周颂"，都是宗庙祭祀之歌，不但配合乐器，而且带有扮演、舞蹈，有一部分无韵，语言比较粗犷，一般是四音二节成句，个别的句型是两音一节，明显地带着原始诗歌的痕迹。《维清》一首就很能说明问题：

维清缉熙，
文王之典。
肇禋，
迄用有成，
维周之祯。

全诗只有十八个字，是《诗经》中最短的一首诗。内容是祭祀周文王的。文王在位七年，曾将商纣的属国如密、崇等都消灭掉，为武王灭纣奠定了基础。成王时作这首《维清（即朝政清明的意思）》歌，并配以器乐、舞蹈，祭祀文王，歌颂他的业绩。全诗围绕着"文王之典"展开，内容完整，条理清楚。但句型却沿用了原始诗歌的形式，采用四音两节。其中，第三句只有二音，并且"肇禋"二字颇令人费解，是古意的延用，"禋"在上古是祭祀之意。"肇禋"是说"从开始祭文王以来"，也即"自文王死后"的意思。这首诗歌是原始诗歌到周代诗歌的过渡时期的作品，带有原始诗歌的明显痕迹。这种痕迹，在"周颂"其他篇章里到处可见。如《天作》《思文》《噫嘻》《振鹭》《潜》等篇章里，都有表现。即使在东周到春秋的十五国风和二雅中，也可找到这种痕迹。例如《召南·驺虞》："彼茁者葭，壹发五豝。吁嗟乎驺虞！彼茁者蓬，壹发五豵。吁嗟乎驺虞！"《豳风·狼跋》："狼跋其胡，载疐其尾。公孙硕肤，赤舄几几。狼疐其尾，载跋其胡。公孙硕肤，德音不瑕。"《小雅·祈父》："祈父，予王之爪牙。胡转予于恤？靡所止居！"

第二阶段：兴盛成熟时期

大约到原始社会后期至奴隶社会以后，由于人类社会出现了不平等现象，产生了阶级，原先以氏族为基础的原始部落发展成为以王朝为基础的国家,人类社会进入文明时期,人们的生活劳动、生活内容越来越丰富,思想感情越来越复杂,语言也逐渐发展成熟起来,产生了文字。这时,人们用以表达思想感情的诗歌也随之自然而然地丰富发展起来,成为各种人须臾不可离开的东西,上至王公贵族,下至一般老百姓,也无论男人、女人、大人、小孩,都想用歌唱的方式来表达自己的愿望、意志和思想感情。这种状况,从《诗经》中提供的材料,完全可以想见。《诗经》三百篇诗歌的作者,尽管绝大多数没有流传下来,但从诗篇的内容、口气和其他方面提供的材料来看,绝大部分是一般老百姓,其中,有农夫、士卒、猎人、商贾、养蚕人、打鱼者、放牧者,有男人、妇女、老人、青年、儿童,等等。此外,还有一部分王公贵族和为他们服务的乐工歌手。这是从歌唱者的身份来看。从诗歌内容来看,有的描写农牧业生产,有的歌唱狩猎活动,有的表现爱情生活,有的描摹山川河流,有的反映战争给人民带来痛苦,有的描写各地的风俗习惯,有的记录宗庙祭祀歌辞,等等,包罗万象,无所不有。再者,从诗歌产生的地域来看,东至齐鲁,西到秦、镐,整个黄河中下游流域地区和长江流域部分地区,都涉及到了。

由此可以看出,当时在华夏民族的居住地域里,各阶层的人们唱歌的风尚是十分兴盛、十分壮观的。

由于人们普遍地使用诗歌这种艺术形式,必然互相学习,互相流传,并在相互的学习和流传中,取长补短,切磋推敲。特别是随着社会语言的成熟和文字的出现,使诗歌这种艺术形式逐步成熟起来,形成了自己的一套句式、音韵和风格。例如,以四言为主的句式,双句押韵,两音一节,四音二节,配有必要语气助词;描摹写实,一事一首;见景生情,以"景"起兴;含蓄比喻,抒发情意;铺陈事件,凝铸意境,等等。所有这些比较成熟和一致的艺术形式,在《诗经》中比比皆是。虽然《诗经》是经过后世文人加工修改了的,但其基本的艺术形式绝非后世文人所编造,而是来自前朝,来自广大民众,是以周代广大人民群众长时间的口头反映为基础的。这就充分说明,在《诗经》被收集之前,我们民族的诗歌,已经比较发达、比较成熟了。

第三阶段:收集加工时期

历史经过漫长的发展,到了周代,文王制典,武王伐纣,文治武功,一举消灭了黄河流域的许多诸侯国,建立了统一强盛的周王朝。周天子为了给自己歌功颂德,渲染太平盛世,不但要求公卿列士献诗、太师陈诗,而且还设立了采诗的官员"酋人"或"行人",专门到民间采诗,制礼作乐。周天子每五年要出巡视察一次各诸侯国。所到国家的公卿列士、太师乐官,都要把他们所收集的民间歌谣,经过加工、润色、配乐,演诵给天子听。这样,民间歌谣便有一部分被周代的统治阶级收集起来,并经过加工修改后保存下来。由于当时统治阶级注重的是音乐性,对诗歌的内容可以断章取义地解释,但民间歌谣的基本特色还是保存下来了。

根据文献记载,当时经过采集或献陈给朝廷的诗歌,最后都经过朝廷的乐官太师保存,统一加工修饰,谱成曲子,然后收入乐章底本,遇着祭祀、朝会、外交、娱乐等场合,就演奏。这个乐章的底本除由周天子的乐官保存以外,其他诸侯国可能也有。现在的《诗经》很可能就是鲁国乐官所保存下来的乐章底本。

周代的这种采诗制度,虽然是直接为统治阶级服务的,但在客观上为我们民族的诗歌的统一和成形,做了一件很有历史意义的工作。通过这一行动,把我国原来长期在民间流传的、散乱的歌谣,收集了起来,并经过加工、修改、增添(如一部分贵族作的诗)后,基本上统一起来,作为中华民族历史上第一种诗体形式,固定下来,流传下来。

三、《诗经》奠定了中国诗歌的基本风格特点

《诗经》是中国诗歌史上的第一个丰碑。虽然它只收集了三百余篇诗歌作品,但却代表了中国春秋时代以前的古代诗歌的优秀成果,奠定了中国诗歌的基本风格和艺术特点,对后世中国诗歌的进一步丰富和发展,影响很大。这种诗体的基本风格和艺术特点,概括起来主要是:

第一,写实抒情的现实主义风格

《诗经》是一部现实主义杰作,主要内容是描写当时的社会生活风貌,反映各阶层人的生活和思想感情,其基本风格是写实抒情。

在我国历史上,武王伐纣以后,周部族继承了殷商的奴隶制生产方式,分封诸侯,建立中央政府和常备军,形成了奴隶制的国家。最初几十年,国力比较强盛。周懿王、夷王以后,国势渐衰,其他部族不断入侵。到了周幽王时代,内政更加混乱,加之外族入侵,统治了三百年的西周王朝灭亡了。公元前七七〇年,周平王迁都洛邑,历史进入东周时代(又称春秋战国时代),周王朝对诸侯的统治权力基本丧失,一些诸侯国势力逐渐强大。各诸侯国为了争夺土地,掠夺财富,

发动了兼并战争。与此同时，各诸侯国内部也发生了公室与私家争夺土地的残酷斗争，斗争的结果是土地私有制被普遍承认，封建制的生产关系逐步取代了奴隶制，奴隶也逐步摆脱了奴隶枷锁，分化为农、工、商、士等不同阶层，整个社会发生了很大变化。

《诗经》三百篇所反映的正是从氏族时代到奴隶制没落崩溃时代的社会生活。诗歌中所提到的歌辞作者涉及的范围极广，这些人都根据各自所处的社会地位、生活体验，来描写自己的所见所闻，抒发自己的感情，表达自己的思想、愿望和意志。例如，《豳风·七月》的作者从劳动者的角度，描写当时农夫们一年四季辛苦劳动却过着无衣无食的悲惨生活。全诗共八章，分别描写了不同季节和月份的劳动生活和农事特点。农夫们终年劳动，十分辛苦，但他们的生活却非常困苦，吃的是山楂、葫芦、苦菜、山葡萄；身上是"粗布衣裳无一件，怎样挨过年"；住的是"火烟熏耗子，窟窿尽堵起，塞起北窗户，柴门涂上泥"。诗中展示了西周奴隶制社会一幅完整的村庄画卷，抒发了奴隶们对社会不平等现象的悲愤情绪。又如《魏风·伐檀》，写一群伐木者对不劳而食的"君子"表示不满，你一言，我一语，有冷嘲，有热骂，表现了劳动人民的觉醒。这种觉醒在《魏风·硕鼠》中，变成了愤怒的呼喊:"硕鼠硕鼠,无食我黍!三岁贯女,莫我肯顾。逝将去女,适彼乐土。乐土乐土,爰得我所。"再如,《小雅·何草不黄》写一个从役的士兵,对征戍徭役表示强烈的不满:

何草不黄?（什么草儿不枯不黄?）
何日不行?（哪一天儿不在路上?）
何人不将?（什么人儿不奔不走?）
经营四方。（东西南北走遍四方。）
匪兕匪虎,（不是虎也不是野牛,）
率彼旷野。（旷野里东奔西走。）
哀我征夫,（可怜我这个小兵,）
朝夕不暇。（早不息晚也不休。）

这种通过对具体事件的描写来抒发感情的篇章,在《诗经》中比比皆是。有的是表示对统治者的不满,有的是征人思念家园,有的是妻子思念征人,有的是表现男女之间的爱情,有的是表现劳动热情,有的是表现各种娱乐情绪。即使是那些"雅"和"颂"中的宗庙祭祀诗篇,也表达了天子朝廷、王公贵族们对先王歌功颂德、乞望天下太平的统治阶级的某种特殊的情绪。这种写实抒情的手法,构成了我们中华民族的诗歌的基本风格,几千年来一直延续了下来。

第二,短小精练的表现形式

《诗经》中的诗,一般都是一事一首,一个场景一篇,篇幅短小,精练紧凑。一般的诗篇都是一二十句到三四十句,最长的也不过一百二十句四百九十二字(《鲁颂·闷宫》),最短的只有六句十八字(《召南·驺虞》)。

这种短小的诗体形式以少胜多,紧凑含蓄,有"精工巧丽"与"尺幅千里"之妙,读后令人回味无穷。如《邶风·式微》:"式微式微,胡不归?微君之故,胡为乎中露?"短短四句,表达了劳动人民对统治者压迫奴役的极端憎恨。又如《召南·小星》:"嘒彼小星,三五在东。肃肃宵征,夙夜在公。寔命不同!"用委婉含蓄的诗语表达作者的不满与怨恨。再如《魏风·十亩之间》:"十亩之间兮,桑者闲闲兮。行与子还兮!十亩之外兮,桑者泄泄兮。行与子逝兮!"短短六句,描绘出一群采桑女的无限情趣。

《诗经》中的四言句,构造了我们中华民族第一种古典诗体形式的主要特点。它短小简练,自然流畅,易于记诵,便于流传。这种特征,既是由我们民族的语言特点、心理习惯发展而来的,又对后世的诗歌语言、句式产生了重大的影响。

当然《诗经》的四言句,并不是死死守着一种格调,而是根据内容的需要,灵活变化,在四言之外,也有少数单字、双言以至五、六、七、八等多言音节的句子。但不论何种情况,《诗经》中的语言句式都是非常简炼的。

第三,协调优美的声调音韵

在《诗经》中,除了《周颂》的少数诗篇不押韵以外,绝大多数诗篇都是押韵的。《诗经》中的诗押韵形式很多,但一般来说,双数句多押韵,单数句比较自由,首句有的押韵,有的不押韵,转韵也比较自然。如《郑风·风雨》:"风雨凄凄,鸡鸣喈喈。既见君子,云胡不夷!风雨潇潇,鸡鸣胶胶。既见君子,云胡不瘳。风雨如晦,鸡鸣不已。既见君子,云胡不喜。"类似这样的例子,在《诗经》中随时可见。《诗经》首先奠定了我国古典诗歌的双句韵的基础。

当然,《诗经》的韵律还不仅仅如此。总的来说,它有规律可循,但又自由活泼,变化多端。这主要是由当时民间口头歌唱而发展起来的。作为一种口头歌唱即民歌,是民众为调节自己的劳动和生活,表达自己的各种情怀而发出的自然歌唱,本身既有节奏协韵的一面,又有自由活泼的一面。有节奏,协韵;有双声、叠韵、叠词、复句之妙;有顶真、排比之变;有兮、矣、只、思、斯、也、之语气助词。这些,都加强了诗的音乐性,读起来琅琅上口,唱起来自然流畅。使我国千百年来的诗歌,都能遵循它用韵的原则,逐渐形成了我们民族自己的一套独特的声律音韵特点。

第四,广泛应用比、兴、赋手法

谢榛的《四溟诗话》曾做过一番统计。他说:"予曾考之三百篇,赋七百二十,兴三百七十,比一百一十。"他的统计不一定十分准确,但可以说明,这三种手法在《诗经》中确实运用很多,达一千余处。从而构成了《诗经》的一大艺术特色。

比,就是通常所说的比喻或比拟。这种手法在《诗经》中不但运用广泛,而且形式多样,有明喻、隐喻、博喻、对喻,等等。如《魏风·汾沮洳》中说:"彼汾一方,言采其桑。彼其之子,美如英。"用现在的话来说就是:"汾水岸边斜坡上,桑叶青青采撷忙。就是那位采桑人,美得好像花一样。"这是明喻,即在比喻和被比喻的事物中间用一个"如"字(或意义同"如"相同的他字)作媒介,用美丽的花比喻漂亮的姑娘。又如《小雅·正月》中说:"哀今之人,胡为虺蜴?"说当时的一些坏人是蛇虫。这是隐喻,即在比喻和被比喻的事物中间用一"为"(古义解为"是")字连结。又如《魏风·硕鼠》

第一章 中国诗歌的初步形成

中说:"硕鼠硕鼠,无食我黍!"这是借喻。即借田间的大老鼠,来比喻贪婪的剥削者。但诗中不提剥削者,把被比喻的事物全部隐去。对喻是明喻的一种形式,在形式上把"如"之类的字省去,在句式上两两相对。如《陈风·衡门》:"岂其食鱼,必河之鲂?岂其取妻,必齐之姜?岂其食鱼,必河之鲤?岂其取妻,必宋之子?"意思是说:"难道我们吃鱼汤,非要鲂鱼才算香?难道我们娶妻子,不娶齐姜不风光?难道我们吃鱼汤,非要鲤鱼才算香?难道我们娶妻子,不娶宋女不排场?"博喻是用多种事物来比喻被比的一种事物。如《卫风·淇奥》中说:"有匪君子,如金如锡,如圭如璧。"用金、锡、圭、璧来比喻文采风流的美君子。此外,在形式上,《诗经》中的比,有的在句中比,有的在段中比,如前面所举数例;有的以整首诗作比,如《魏风·硕鼠》《鄘风·相鼠》。

兴,是"先言他物,以引起所咏之辞也"(朱熹语),是诗人先见一种景物,触动了思想感情而发出的歌唱。兴就是启发,也称起兴,由于兴句多在诗的开头,所以又称"发端"。兴,在《诗经》中也运用得相当广泛,而且相当灵活。其形式大体有五种:一是一篇各章都用同一事物发端起兴。如《秦风·蒹葭》一篇三章都用蒹葭和白露起兴:"蒹葭苍苍,白露为霜……""蒹葭凄凄,白露未晞……""蒹葭采采,白露未已……"；二是一篇各章用不同的事物起兴。如《唐风·山有枢》一篇三章分别用刺榆、栲树、漆树起兴："山有枢……""山有栲……""山有漆……"；三是一篇之首章用兴，其余各章不用兴。如《召南·草虫》第一章用"喓喓草虫，趯趯阜螽"起兴，其余三章不用兴；四是一章之中全用兴。如《周南·葛覃》第一章："葛之覃兮，施于中谷；维叶萋萋。黄鸟于飞，集于灌木；其鸣喈喈"；五是全诗都用兴。如《豳风·鸱鸮》。全诗以鸱鸮（猫头鹰）起兴，诉说诗人的育子辛劳。

赋，是"敷陈其事而直言之者也"（朱熹语），就是我们通常所说的叙述和描写。赋在《诗经》中，不但数量多，而且形式也多，有时叙事，有时描写，有时设问，有时对话，有时抒情，有时议论，灵活多变，言美意深，妙趣横生，确实是《诗经》的一个重要的艺术特色。

比、兴、赋是《诗经》最基本的艺术表现手法，也是《诗经》最大的艺术特色，对后世影响很大。《诗经》之后，比、兴、赋一直广泛运用，长久不衰，直到现在，人们还在运用。

第五，语言形象生动、含蓄简练、自然流畅

《诗经》中的语言，具有鲜明的民族特色，既丰富又多彩，既形象生动又含蓄简炼。我国古代杰出的文学理论家刘勰曾称赞《诗经》中的语言说:"灼灼状桃花之鲜,依依尽杨柳之貌,杲杲为出日之容,瀌瀌拟雨雪之状;喈喈逐黄鸟之声,喓喓学草虫之韵;皎日嘒星,一言穷理;参差沃若,两字穷形,并以少总多,情貌无遗矣。"(《文心雕龙·物色》)其中,前四句是说形象性;第五、六句是说音乐性;第七、八、九、十句是说简炼,含蓄。按照刘勰的看法,《诗经》的语言具有形象性、音乐性、简炼性、含蓄性。这种看法符合《诗经》的实际。如:"杨柳依依""雨雪霏霏""萧萧马鸣,悠悠旆旌""巧笑倩兮,美目盼兮""桃之夭夭,灼灼其华"等等,都是形象十分鲜明生动的诗歌语言。"关关雎鸠,在河之洲,窈窕淑女,君子好逑""伐木丁丁(音争),鸟鸣嘤嘤""呦呦鹿鸣,食野之苹""河水洋洋,北流活活"读起来就非常好听。此类例子,在《诗经》中也是不胜枚举。"有女怀春""华如桃李""耿耿不寐""忧心忡忡""泣涕如雨""伫立以泣"就非常简炼含蓄。

此外,《诗经》中的语言还有一个很大的特色,就是大众化。《诗经》的精华部分是民歌。民歌是民众的口头歌唱,它的语言大都是从民间来的,因而明白、自然、流畅、清新、易懂、易记、上口,所谓"以自然之眼观物,以自然之舌言情""述事如其口出也"(王国维语)。这种例子,在《诗经》中俯拾皆是。如:"采采卷耳,不盈顷筐"(《周南·卷耳》);"未见君子,我心伤悲"(《召南·草虫》);"谁谓鼠无牙,何以穿我墉"(《召南·行露》);"携手同行""携手同归"(《邶风·北风》);"墙有茨,不可埽也;中冓之言,不可道也;所可道也,言之丑也"(《鄘风·墙有茨》),等等。当然,对于这些词语,我们绝不能用现代人的眼光来理解,因为它毕竟是几千年以前古代人的语言了。

第二章　中国诗歌的丰富和发展

一、又一朵奇葩开放——楚辞

大约在《诗经》成编后的二百年左右，即公元前四世纪，我国南方的楚国一带出现了一种新的诗体——"楚辞"。

楚辞是春秋以来楚国在长期独立的发展过程中，形成的独特的楚国地方文化。楚国居于长江流域，土壤肥沃，物产丰富，生产力比较发达。生活在这种富饶环境中的楚国人民，爱好歌舞，加之巫风盛行，民间祭祀之时，必使巫觋"作歌乐鼓舞以乐诸神"，祭坛上巫觋装扮成诸神，衣服鲜丽，佩饰华美，配合音乐的节奏载歌载舞，唱着民间祭神的歌曲。这些歌曲的歌词，句子长短不一，形式比较自由，句尾多用语气助词"兮""思"之类。

远在周初，楚地一带就兴起一种南方声调的民歌。据《吕氏春秋·音初》篇记载,涂山氏之女等候禹于涂山之阳,作歌曰:"候人兮猗!"这便是南音的起源。后来,这种歌曲逐渐发达,形成了楚地韵味的民歌。如《孟子·离娄》里面记载的《孺子歌》"沧浪之水清兮,可以濯我缨;沧浪之水浊兮,可以濯我足。"《诗经》中也收集了不少这样的民歌,如《周南》之《汉广》《螽斯》,《召南》之《摽有梅》等篇。这些民歌的句尾多用"兮"字或"思"字。如《汉广》:"南有乔木,不可休思。汉有游女,不可求思。汉之广矣,不可泳思。江之永矣,不可方思……"。又如《摽有梅》:"摽有梅,其实七兮。求我庶士,迨其吉兮。摽有梅,其实三兮。求我庶士,迨其今兮……"。

到了春秋战国年代,这种歌曲流传越来越广,成了楚地人民歌唱的主要形式,不但在祭神时用它,甚至在翻译外地的歌曲时也用它。据《说苑·善说》记载,在屈原以前一百多年前有一个楚国贵族鄂君子皙曾经教人翻译了一首越人所唱的歌,就是用的这种民歌体裁,名为《越人歌》:"今夕何夕兮?搴舟中流。今日何日兮?得与王子同舟。蒙羞被好兮,不訾诟耻。心几烦而不绝兮,得知王子。山有木兮木有枝,心悦君兮君不知。"

后来,屈原运用这种民歌形式,驰骋他的丰富的想象,倾入了他的炽热的感情,又继承了《诗经》中比、兴、赋手法,运用了大量的神话传说，写出了《离骚》《九歌》《天问》《九章》等作品。屈原的作品，留有楚地民间祭神歌曲的明显痕迹。《九歌》前身就是当时楚国各地包括沅湘一带的民间祭神的歌曲，女巫装扮诸神，载歌载舞。《离骚》中有大量神话故事的叙述，有巫咸降神的描写，有诗人"高冠长佩，荷衣蕙纕"的自我形象的塑造。这些都说明，屈原的作品是从民间祭神歌曲中脱胎和发展起来的。

屈原运用楚地民歌写出《离骚》等作品之后，在当时影响很大，不少文人也学习屈原运用楚地民歌写作诗歌，如宋玉、唐勒、景差等人。后来，到汉成帝时，刘向典校经书，把屈原、宋玉等人的作品编辑在一起，定名为《楚辞》。从此，"楚辞"就作为一种诗体形式流传下来。因为"楚辞"的代表作家是屈原，屈原的代表作品是《离骚》，所以后人又把"楚辞"称之为"骚体"。所谓"楚辞"或"骚体"，宋人黄伯思在其《翼骚序》中说："屈宋诸骚皆书楚语，作楚声，纪楚地，名楚物，故可谓之'楚辞'。"

"楚辞"是我国诗歌史上，继《诗经》之后出现的一种新的诗歌体裁。它的出现为我国古典诗歌开拓了新的领域，标志着我国古典诗歌发展到一个新的阶段。后人往往把《诗经》和《楚辞》相提并论，称之为"风""骚"。

"楚辞"在艺术表现手法上特点有五种：

第一，句子长短不齐，灵活多变，突破了《诗经》以四言为主的格调。这样，就大大增强了诗歌的表现力，是诗歌形体的一次解放。例如《九歌·东君》中的一段：

青云衣兮白霓裳，举长矢兮射天狼。操余弧兮反沧降，援北斗兮酌桂浆。撰余辔兮高驰翔，杳冥冥兮以东行。

描写太阳出来时光芒四射的情景，写得生动传神，是《诗经》四言体无法达到的。又如《离骚》中的一段：

忽驰骛以追逐兮，非余心之所急；老冉冉其将至兮，恐修名之不立。朝饮木兰之坠露兮，夕餐秋菊之落英；苟余情其信姱以练要兮，长颔颔亦何伤。揽木根以结茝兮，贯薜荔之落蕊。矫菌桂以纫蕙兮，索胡绳之纚纚。謇吾法夫前修兮，非世俗之所服。虽不周于今之人兮，愿依彭咸之遗则。

这段文字描写了屈原高洁的情操和耿介之志。朝饮木兰露水，晚食秋菊落英，身上佩带各种香花编成的装饰。写得十分生动、感人、细致。

当然，楚辞的句式，在长短不齐、灵活多变当中，也有一定的规律可循，这就是：以六字一句最为常见。如屈原的作品除少数几篇是四言、长言外，大多数以六言为基础。长达三百七十三句的《离骚》，基本上是六字句。其他如《九歌》《九章》等，也都以六字句最为常见。

还需要说明的是，楚辞中的"兮"字用得特别多，这是楚辞区别于其他诗体的一个特点。《诗经》中虽然也有"兮"字，但用得不普遍，楚辞几乎每篇都用"兮"字，或两句一用，或句句都用。其位置或在句中，或在句尾。"兮"字是语气助词，可以加强诗句的抒情气氛。

第二，章节可长可短，形式自由活泼。楚辞不仅句式自由多变，而且章节可长可短。有的章节只有几句，有的章节长达几十句；有的篇幅只有几十句、甚至十几句、几句，长的篇幅长达几百句。这样，诗人便不受篇章的限制，根据内容的需要有长有短，能够细致地描写环境，无拘无束地抒发感情。比如《离骚》，诗人运用浪漫主义手法，一会儿天上，一会儿地下；一会儿描述，一会儿抒情；一会儿陈述，一会儿比兴，千变万化，瑰奇宏伟。之所以能这样，是与"楚辞"这种章节长短不限的形式相关的。在这首诗中，作者以三百七十多句的篇幅，曲折地尽情地写出了诗人大半生的经历和感受。这是《诗经》中的那些风体诗无法达到的。

第三,大量运用浪漫主义的手法。"楚辞"的奠基作家屈原利用我国古代人民口头创作在神话中运用的浪漫主义的素材,创造了积极浪漫主义表现手法。他在《离骚》中,糅合神话传说、历史人物和自然现象,编织出幻想的境界。如关于神游一段的描写,诗人朝发苍梧,夕至县圃,以望舒、飞廉、鸾皇、凤鸟、飘风、云霓为侍从仪仗,上叩天阍,下求佚女,想象丰富奇特,境界扑朔迷离,场面宏伟壮丽,有力地表现了诗人追求理想的精神。

第四,楚辞大量地吸收楚国的方言,描绘楚国的山川河流和人物掌故、自然现象,个性十分鲜明突出。如"些""只""羌""谇""蹇""纷""侘傺"等,都是楚国的方言。悲壮顿挫的音调,是楚国的地方音乐。沅、湖、江澧、修门、夏首等,都是楚国的地名,"兰""茝""荃""药""蕙""芷""蘅"等,都是楚国的植物。所有这些都构成楚辞的个性化特征。

第五,继承和发展了《诗经》的比、兴、赋表现手法。"楚辞"和《诗经》在艺术表现手法上虽有明显的不同,但也有源流关系。楚辞产生于楚地民歌,楚地民歌又是《诗经》十五国风中的一部分,因此它和《诗经》是不能截然分开的。

屈原在自己的作品中继承发展了《诗经》的比、兴、赋传统。相比较而言,《诗经》中的比、兴大都比较单纯,用于起兴和比喻的事物还是独立存在的客体,而楚辞的比、兴与所表现的内容合而为一,具有象征的性质;《诗经》的比、兴往往只是一首诗中的片断,而楚辞则在长篇巨制中以系统的一个接一个的比、兴表现了它的内容,使形象更加生动,丰富多采。至于赋,屈原运用得更是得心应手。如《离骚》中对诗人的大半生作了大量的介绍,既有外形相貌,又有内心独白;既有故事情节,又有叙述描写,波澜起伏,千回百转,把诗人长期的斗争经历和复杂的思想感情表现得淋漓尽致。

总之,楚辞作为一种新兴的诗体,一经出现,就具有明显的特点。它和《诗经》在我国诗歌发展初期形成了两个高峰。它所开辟的积极浪漫主义表现手法与《诗经》所具有的现实主义特点,一直为我国各代诗人所继承和发扬。

二、汉乐府民歌进一步发展了《诗经》风体诗

战国之后,当文坛中人们追随屈原的脚步,致力于楚辞和赋的创作时,从《诗经》延传下来的风体诗即民间歌谣,并没有停止它的发展,特别是两汉时代诗坛萧条,文人作品

走入铺张堆砌的赋体死胡同时,民歌的发展更为突出,取得了辉煌的成就,在中国诗歌史上放射出夺目的光彩。

这些民歌仍然是延续周代的做法,通过官方的采诗作乐的机构——"乐府"收集和保存下来的。《汉书·艺文志》说:"自孝武(汉武帝)立乐府而采歌谣,于是有赵代之讴,秦楚之风,皆感于哀乐,缘事而发。亦可以观风俗,知薄厚云。"汉帝国自从建立了统一的封建政权以后,到武帝时已经过了六十多年,正是社会比较安定富裕的时期。于是统治者便有了"制礼作乐"来巩固统治和点缀太平、宫廷娱乐的要求,并学习周代的做法,设立了乐府机关。据《汉书·礼乐志》记载,乐府机关在兴盛时期,机构是很庞大的,人员多至八百二十九人,其中有邯郸、江南、淮南、巴淮、临淮、梁、楚等地的"鼓员"(奏乐器者),有齐、蔡、巴楚的"讴员"(唱歌者),还有制造各种乐器的工匠。负责乐府的官吏在武帝时叫协律都尉,由武帝的嬖臣、通晓民间音乐的李延年来担任。此外,还有令、音监、游徼等官吏。自武帝以后,虽然中间经过一次汉哀帝的精简乐府的措施,但一直到东汉末年,乐府与采集歌谣的制度大体上都是保持着的。从现存的乐府民歌来看,东汉的作品居多,西汉也有一部分。

两汉时代,我国的民歌相当发达。广大劳动人民继承周

第二章 中国诗歌的丰富和发展

代劳动人民歌唱的习惯,歌唱自己的生活,抒发自己的感情,陶冶自己的情操,表现了那个时代的社会生活风情。但是,由于他们大都是口头的创作,随着时间的推移,大部分散失了,即便汉代有采诗的制度,被保存下来的也是挂一漏万。何况,被汉代乐府机关收集的乐府诗,随着时代的变迁,又散失了相当大一部分。所以,我们现在能看到的,为数已经很少,可以说是两汉乐府民歌中的沧海一粟。

现在所存的两汉乐府民歌,最早见于南齐沈约所作的《宋书·乐志》。沈约说:"凡乐章古辞,今之存者,并汉世街陌谣讴。"后来,宋人郭茂倩编的《乐府诗集》有所增加。他把自汉至唐的乐府诗分为十二类,汉乐府民歌主要保存在"相和歌辞""鼓吹曲辞"和"杂曲歌辞"三类中,"相和歌辞"中尤多。其中,哪些属于西汉的,哪些属于东汉的,已无法确定。但据《汉书·艺文志》记录,东汉初期保存下来的西汉各地民歌的篇目有:"吴、楚、汝南歌诗十五篇,燕、代州、雁门、云中、陇西歌诗九篇,邯郸、河间歌诗四篇,齐、郑歌诗四篇,淮南歌诗四篇,左冯翊、秦歌诗三篇,京兆尹、秦歌诗五篇,河东、蒲坂歌诗一篇,雒阳歌诗四篇,河南、周歌诗七篇,周谣歌诗七十五篇,周歌诗二篇,南郡歌诗五篇",共一百三十八篇。这只是武帝以后入乐的一小部分,而这一小部分也大都亡佚了，只保留下来四十篇。现在能读到的西汉民歌，主要是"鼓吹曲辞"中的《铙歌十八曲》，其余都是东汉时期的民歌。

汉乐府诗歌的三类"鼓吹曲辞""相和歌辞"及"杂曲歌辞"，是以音乐来划分的。"鼓吹曲辞"又叫"短箫铙歌"，是汉初传入的"北狄乐"（羌胡）和北方民族的心声，当时主要用作军乐。现存《铙歌十八曲》，歌辞大概是后来补进去的，一部分是文人作品，一部分是民间歌谣。从时代来看，有武帝时代的，有宣帝时代的。内容庞杂，有叙战争的，有记祥瑞的，有表武功的，也有写男女爱情的。《铙歌》的歌辞有许多看不懂意思，甚至读不成句子，主要原因是沈约在《宋书·乐志》上说的"声辞相杂"。"声"是表示声音的，没有实际意义，类同现在的"呀呼嗨"；"辞"是歌词。当初二者有分别（声用小字写，辞用大字写），后来辗转抄写，便混淆不清了。"相和歌辞"大部分是民间歌谣，体裁多样，清新动人，构成了汉乐府在艺术上的主要特色。"杂曲歌辞"在风格上同"相和歌辞"没有区别，也是收录的民间歌谣，可能是由于收集后没有入乐而放在"杂曲"里了。这些也是汉乐府诗歌的重要内容。

汉乐府诗歌大都来自民间口头创作。它们继承了周代民歌的"写实抒情"的现实主义优良传统和一系列艺术表现手法及音韵特点,不仅内容丰富,"缘事而发",针砭时政,广泛地反映了两汉人民的社会生活和思想感情,有较强的思想性;而且风格质朴自然,具有独特的艺术魅力,从而进一步丰富和发展了诗经风体诗。其特点,概括起来大致有以下几点:

第一,具有强烈的现实主义精神。正如《汉书·艺文志》说的"皆感于哀乐,缘事而发"。这种精神是直接继承《诗经》的。余冠英在《乐府诗选》序言中说:"《诗经》本是汉以前的乐府,乐府就是周以后的《诗经》。"这话说得对极了。如同作为《诗经》主要部分的那些风体诗一样,乐府诗原来都是"饥者歌其食,劳者歌其事","感于哀乐,缘事而发"的民间歌谣,反映了当时的社会生活和社会矛盾,表达了人民的各种思想感情,绘出了时代的风貌。读了这些乐府诗,我们似乎走进了贫民的茅屋、贵族的殿堂,目睹了战场奔杀、战后惨景,强烈感受到徭役的繁重,看到贫富的对立、阶级的压迫和剥削,也听到了甜蜜的情歌和礼教重压下妇女们的呻吟。这就是乐府诗给后世留下来的最突出的艺术享受。这里仅举几例:

战城南，死郭北，

野死不葬乌可食。

为我谓乌：且为客豪！

野死谅不葬，腐肉安能去子逃？

水深激激，蒲苇冥冥。

枭骑战斗死，驽马徘徊鸣。

——《铙歌·战城南》

这是一首描写战争残酷性的民歌。诗里给我们描绘出死尸狼藉，乌鸦飞旋，啄食人肉的战场景象。诗人通过几句对话，大胆想象死尸腐骨居然像活人一样说话，请求人们为他向啄食的乌鸦求情。这种假设的死尸对话，引起人们的无比沉痛和对统治者强烈的不满。

遥望是君家，松柏冢累累。

兔从狗窦入，雉从梁上飞，

中庭生旅谷，井上生旅葵。

——《十五从军征》

这首民歌写一个十五岁从军八十岁幸归的老兵，回家面临家破人亡的悲剧，从另一个角度揭露了统治阶级战争政策和兵役制度的罪恶。

有所思，乃在大海南。何用问遗君？双珠玳瑁簪，用玉绍缭之。闻君有他心，拉杂摧烧之。摧烧之，当风扬其灰。从今以往，勿复相思！相思与君绝？鸡鸣狗吠，兄嫂当知之。妃呼狶！秋风肃肃晨风飔，东方须臾高知之。

——《铙歌·有所思》

这是一首叙述一个女子与爱人绝情的诗，是汉乐府中的名篇。诗中所说的那位女郎在深夜独思，心情极度痛苦、矛盾。她本来要把自己最珍贵的礼物"双珠玳瑁簪"赠送远在他乡的情人，突然听说情人变了心，便一怒之下把簪子毁了，而且还要"当风扬其灰"。痛恨之情一句深似一句。当她悔恨时，初恋幽会引得狗吠鸡叫的情景又涌上心头。于是，"妃呼狶"（叹气声），决心终于下不了，等天亮再决定。这首诗反映了当时青年男女对纯真爱情的追求。

江南可采莲，莲叶何田田。鱼戏莲叶间，鱼戏莲叶东，鱼戏莲叶西，鱼戏莲叶南，鱼戏莲叶北。

这也是汉乐府中的名篇。诗中简短的七句给我们描绘出一幅江南劳动人民采莲时的欢乐情景,绘声绘色,使人强烈地感到一种热爱劳动的生动场面。

从以上几例完全可以看出,汉乐府诗歌具有丰富的社会生活和深刻的思想内容。"感于哀乐,缘事而发"的现实主义精神,是它最大、最基本的艺术特点。

第二,故事性强,在叙事中抒发感情。《诗经》中的作品主要是以抒情诗为主。《国风》中的《氓》《谷风》两篇,叙事成分较多,但还很难说是叙事诗。《大雅》里的《生民》《公刘》几篇,也有叙事成分,但缺乏完整的人物和情节。而《楚辞》更是以抒情为主。直到两汉乐府民歌出现,叙事诗才有了显著的发展。这一特点,古代学者已有了较明确的认识。徐桢卿《谈艺录》说:"乐府往往叙事,故与诗殊。"这些叙事诗,虽然有简有繁,有长有短,但一般都能塑造出有性格的人物形象,因此在反映现实上就显得更真实,更具体,和《诗经》《楚辞》比较,有了自己独特的面貌。在这些叙事诗里,对于事件的叙述,一般都采用开门见山、粗线条的白描勾勒方法,而感情描绘却细致入微,所写人物对话充分表现了他们的复杂的内心活动。因此,每篇诗所描绘的人物形象个性鲜明,有血有肉。至于叙事的方法,更是多种多样的。有客观讲故事的，有自我叙述的，有戏剧表现式的，有对话式的，有讲片断故事的。总之，通过多种方法的叙事，倾吐了人民群众内心的愤怒、痛苦和理想。

例如《孔雀东南飞》(又名《焦仲卿妻》，见"杂曲歌辞")，就叙述了一个完整的反封建礼教的故事，后世有不少人把它编成戏剧搬上舞台。这首诗长达三百四十余句，一千七百余字，详尽地写出了焦仲卿之妻刘兰芝遭受封建礼教迫害的全部经过，控诉了封建礼教的黑暗和残酷，表达了人民对自由美好生活的向往和追求。这首诗通过"孔雀东南飞，五里一徘徊"这两句高度凝练的诗句，托物起兴，分五个层次，详尽地叙述了刘兰芝"诉虐话别""遣归盟誓""逼婚之变""生离死别""二情同依依"的故事经过，塑造了刘兰芝、焦仲卿这一对爱情悲剧人物和封建恶婆焦母、利欲熏心的兄长、忠厚善良的刘母等一群人物形象，栩栩如生，生动感人。如写焦仲卿苦求母亲不要驱逐媳妇，引起焦母大怒：

阿母得闻之，槌床便大怒："小子无所畏，何敢助妇语！吾已失恩义，会不相从许！"

短短几句，便把一个蛮不讲理的封建老刁婆，跃然于纸上。

这首诗故事情节凄婉动人，格调和谐动听，艺术手法巧妙高超，令人百读不厌。又如《上山采蘼芜》，描写一个妇女无辜遭受弃逐的悲惨情形：

上山采蘼芜，下乡逢故夫。长跪向故夫："新人复何如？""新人虽言好，未若故人姝。颜色类相似，手爪不相如。新人从门入，故人从阁去。新人工织缣，故人工织素。织缣日一匹，织素五丈余。将缣来比素，新人不如故。"

这篇叙事诗的技巧也是较高的。弃妇的痛苦遭遇，夫家无理地抛弃妻子的行为，都尽量不由弃妇来陈述、指责。诗中集中写了弃妇在山上逢故夫的一段对话。可以看出，这一对夫妇一定也是被封建家庭拆散的。弃妇的遭遇同《孔雀东南飞》的刘兰芝一样，但只抓了"上山逢故夫"的情节来写，其余让读者想象去。

《陌上桑》和《羽林郎》也是汉乐府的名篇，塑造了两个美丽纯洁、不甘受辱的少女。《陌上桑》的原文开头是：

日出东南隅，照我秦氏楼。秦氏有好女，自名为罗敷。罗敷喜蚕桑，采桑城南隅。

罗敷在这个沐浴着朝阳的楼台和田野的背景中出现，一下子就给人一种青春美丽、容华映日的感觉。

  青丝为笼系，桂枝为笼钩。头上倭堕髻，耳中明月珠。缃绮为下裙，紫绮为上襦。

打扮得多美丽啊！美好的倭堕髻，珍贵的明月珠，杏黄色的裙子，配着紫色的短袄，写得十分周到。可是没有一句写她的容貌。她长得怎么样呢？诗人下面只是告诉你：

  行者见罗敷，下担捋髭须。少年见罗敷，脱帽着帩头。耕者忘其犁，锄者忘其锄。来归相怨怒，但坐观罗敷。

这么多的人一见罗敷都看呆了，她的容貌读者可以尽情想象，说她有多美就有多美。这种艺术手法非常高明。
  这样美的女子谁能不爱呢？但一般人只能痴看，等到权势威赫的太守一见就麻烦了。他命令吏人问是谁家的女子，愿意不愿意嫁他这个太守。太守满以为这女子会答应他这个堂堂大官的，但罗敷的回答却是："使君一何愚！使君自有妇，罗敷自有夫。"接着，就夸起她的夫婿来了。无耻的太守在罗敷咄咄逼人的对话面前，碰了一鼻子灰。

《羽林郎》是辛延年学习民歌写出的一首最成功的作品，有许多地方同《陌上桑》相似。诗中写美丽勇敢的卖酒姑娘胡姬义正词严地拒绝贵族家的狗腿子金吾子的调戏。诗的前部分从夸张服饰来烘托胡姬的容貌美丽。从"不意金吾子"以下直到篇末，都是胡姬的控诉和独白。故事的情节完全是通过独白表现出来的。

第三，乐府诗歌在诗体形式上有很大的发展。《诗经》是以四言为主，"楚辞"是自由式的，字数多少没有明显定数，乐府诗歌创造了以五言为主的杂言形式。其中有个别沿袭《诗经》四言形式，大量地采用五言形式，有一部分采用五言为主，夹有三、四、六、七言的杂言形式。这种以五言为主的形式，既是对《诗经》形式的发展，又是对"楚辞"形式的发展。因为它比《诗经》四言表现力强，自由奔放，但又比"楚辞"有句型规律。乐府诗歌的形式，为以后我国更成熟的诗歌形式——五言诗奠定了基础，也孕育了七言诗的胚胎。

此外，乐府诗歌在语言的运用上，沿袭《诗经》的优良传统，大量吸收群众语言成分，能做到"浅而能深，近而能远"，其中许多都是当时人民群众的口头语，朴素自然，读起来感到特别亲切，特别流畅。

总之，汉乐府民歌具有自己鲜明的艺术特色，进一步丰富和发展了《诗经》的艺术特点，对后世产生了很大的影响。这种影响，首先表现在"缘事而发"的现实主义精神上。这种精神像一根红线贯穿在从建安到唐代以至更后的诗歌史上，形成了一条以乐府为系统的现实主义传统，如建安时代曹操诸人的古题乐府，唐代大诗人杜甫的新题乐府，白居易的新乐府诗。有的诗人则是借用汉乐府旧题而自创新题，如李白就是最著名的一个。他的《蜀道难》《将进酒》《战城南》等歌行体诗，莫不导源于汉乐府。至于五言诗，更是直接从汉乐府诗中演变发展而来的。以至后来的"词""散曲"无不受汉乐府诗的影响，有的人干脆将"词"和"散曲"也归于"乐府诗"一类。这些都说明，汉乐府诗对后代诗歌的影响是十分巨大的，起到了示范性的作用。

三、五言诗的形成和七言诗的出现

两汉时代，当五言歌谣被采入乐府歌辞后，一些有见识的文人便开始摹仿和运用乐府诗形式进行诗歌创作，逐步形成了语言形式和表现技巧更加成熟的新的诗体形式——五言诗。

五言诗的形式，看起来似乎很简单，比起四言诗来，只有一字之增，但在诗歌史上却历经了三百多年的时间，直到东汉末年才算基本成熟。

五言诗句，最早出现在《诗经》和《楚辞》中。例如《大雅·绵》中有"虞芮质厥成，文王蹶厥生。予曰有疏附，予曰有先后，予曰有奔奏，予曰有御侮"。《离骚》中有："名余曰正则兮，字余曰灵均""纵欲而不忍""告余以吉故"。但这些都是偶然出现的例外，不能作为五言诗的萌芽形态来看，句法结构和后来的五言诗也不大同。从现存的可靠历史材料看，五言诗的真正萌芽是在西汉初年出现的。

汉初惠帝时，高祖刘邦的戚夫人被吕后囚禁永巷，罚舂。戚夫人悲苦交集，曾作了一首怀念儿子赵王的歌：

子为王，母为虏。

终日舂薄暮，常与死为伍。

相离三千里，当谁使告汝。

——《汉书·外戚传》

汉武帝时，李延年为荐自己的妹妹给汉武帝唱了一首歌：

第二章　中国诗歌的丰富和发展

北方有佳人，绝世而独立。

一顾倾人城，再顾倾人国。

宁不知倾城与倾国，佳人难再得。

——《汉书·外戚传》

戚夫人和李延年都不是士大夫文人，他们所作的五言歌，是摹仿当时已经在民间流行的五言歌谣而作的。但到目前为止，还未发现一首西汉士大夫文人所写的五言诗。到了东汉时代，文人开始摹仿五言民谣和乐府诗的形式，作五言诗，如班固写了一首《咏史诗》，张衡作过一首《同声歌》。班固、张衡这些大家倡导写五言诗之后，写五言诗的文人就渐渐多起来了。如汉桓帝时秦嘉的三首《赠妇诗》，桓、灵之际赵壹的《刺世疾邪诗》，郦炎的《见志诗》，蔡邕的《翠鸟》，等等。其中，秦嘉的诗写得凄恻动人，语言自然："人生譬朝露，居世多屯蹇。忧艰常早至，欢会常苦晚。"赵壹的诗尖锐辛辣，直言不讳："河清不可俟，人命不可延。顺风激靡草，富贵者称贤。文籍虽满腹，不如一囊钱。"他们的诗都是东汉文人五言诗中的优秀之作，标志着文人五言诗的进一步成熟。

东汉文人五言诗在艺术上成就最高的当数无名氏的《古

诗十九首》。据梁代钟嵘说，东汉流传下来的五言诗原有五十几首，其中十九首被昭明太子萧统收入《文选》，代表汉末五言诗的最高成就，于是《古诗十九首》就成了专名。这些诗的作者已不可考，甚至题目也失传了（当然，也不一定有诗题），后人便以诗中的一句称题目。如《行行重行行》《青青河畔草》《冉冉升孤竹》《客从远方来》《明月何皎皎》《青青陵上柏》《迢迢牵牛星》《涉江采芙蓉》，等等。

《古诗十九首》非一人所作，其内容相当复杂。有写游子思归的，有写热衷仕宦的，有写人生无常的，有写朋友情谊的，有借牛女双星寄情的，等等。这些作品都是失意文人在社会大动乱的年代，对于现实生活和内心苦闷、矛盾的反映，是对东汉末年社会政治生活的真实写照。

"古诗"和"乐府诗"有着很相近的关系，"乐府诗"是民间歌谣，"古诗"是文人摹仿乐府而作的，两者不论从内容上，还是形式和语言风格上，都有相似之处。所以清代朱乾在《乐府正义》中说："古诗十九首，古乐府也。"梁启超也说古诗"皆乐府之辞"。这种相近或相同的情况告诉我们，两类诗歌虽然时代略有先后，但相去不远，而且还有互相交错的地方。然而，从内容和艺术风格来看，"古诗"同乐府诗的区别仍然是比较明显的。从内容上来说，"古诗"

第二章　中国诗歌的丰富和发展

主要反映的是中层社会知识分子的思想感情；从语言上来说，"古诗"一般都较凝练。

由于作者的出身限制，《古诗十九首》远没有"乐府诗"反映的社会面广阔，但是它在艺术上是成功的。它不仅继承了"乐府诗"中抒情诗的技巧，而且在某种程度上，还把乐府的技巧提高了，并进一步融合了《诗经》《楚辞》的艺术成果，使五言诗成为一种更成熟的形式。《古诗十九首》在中国诗歌史上的地位是"风之余而诗之母"（风指歌谣，诗指文人写的五言诗）。刘勰《文心雕龙·明诗篇》说，它是"五言之冠冕"。《古诗十九首》是民歌转变为文人诗的关键，是奠定五言诗的基础。它直接影响到建安时代的诗人曹操、曹植、王粲、陈琳以及魏晋南北朝时代的阮籍、陶渊明等许多诗人的风格及其作品的意境、结构、语言，开拓出了一代诗风。

五言诗作为一种新的诗体形式，在艺术上从《古诗十九首》中体现出来的特点，可以概括为：

第一，其句式必须是五字一句，不能有任何杂言。这一点在汉乐府诗中就不一定千篇一律，有的以五言贯全篇，有的以五言为主而杂以其他句式。这种整齐的五言句式，在当时的诗体形式上是有很大的革新意义的，因为当时的杂言，是民歌体的一种，比较自由，但也比较粗犷，不太讲究韵律。而五言诗，则开始讲究韵律，如双句押韵，节拍协调，声调优美，运用排比、对仗等等。这些，都为以后的律体诗打好了基础。试以《迢迢牵牛星》为例：

迢迢牵牛星，皎皎河汉女。纤纤擢素手，札札弄机杼。终日不成章，泣涕零如雨。河汉清且浅，相去复几许？盈盈一水间，脉脉不得语。

此诗借牛郎织女的神话故事，写夫妇间一种想望的痴情。诗中讲究押韵（双句韵），并有两个对仗句："迢迢牵牛星，皎皎河汉女""纤纤擢素手，札札弄机杼"。还注意了声调、节拍的和谐，运用了叠字、排比等修辞手段，使整个诗篇和谐统一，优美动听。这是五言诗的一个特点。

第二，注意在叙事、写景中写人、抒情，往往用事物来烘托，融情入景，紧密结合，达到天衣无缝、水乳交融的境界。这是接受了汉乐府民歌，以至《诗经》《楚辞》的优良传统而进一步发展出来的，是和汉乐府一脉相承的。例如《青青河畔草》：

第二章　中国诗歌的丰富和发展

青青河畔草，郁郁园中柳。盈盈楼上女，皎皎当窗牖。娥娥红粉妆，纤纤出素手。昔为倡家女，今为荡子妇。荡子行不归，空床难独守。

河边的青草绿了，园中的柳树浓郁了。在这春光之下，一个多姿的少妇独处楼上，站在窗口，红粉浓妆，纤纤素手，在思念丈夫。由写景到写人、到写情，笔墨实在简洁得惊人。作者开始有意铺张，用了三句排偶句，六个叠字形容词，有音韵的和谐，有色彩的映衬，给人丰富细腻的感觉，写出的人物鲜明立体。

第三，交替使用比、兴、赋三法。如果说汉乐府以前的诗体在使用比、兴、赋三法时，还有一点相互分离的话，那么五言诗则更讲究比、兴、赋三法的互相结合，即在赋中比、兴。在比、兴中运用赋，即使比与兴也往往互相渗透，互相交错。这就使作品节省笔墨，着墨不多，而言近旨远，语短情长，含蓄蕴藉，余味无穷。例如《冉冉孤生竹》：

冉冉孤生竹，结根泰山阿。与君为新婚，菟丝附女萝。菟丝生有时，夫妇会有宜。千里远结婚，悠悠隔山陂。思君令人老，轩车来何迟？伤彼蕙兰花，含英扬光辉。过时而不采，将随秋草萎。君亮执高节，贱妾亦何为？

诗人先写女主人公未嫁时的柔弱孤苦,像脆嫩的孤竹一样,很希望嫁一个可以长久依托的丈夫,像孤竹托身于泰山一样。不料,出嫁后希望落空,像菟丝附在柔弱的女萝枝上一样,仍然得不到依靠;而且丈夫远离,自己过着孤苦的生活。最后她又感到自己像一株无人采摘的蕙兰花,以蕙兰的"含英扬光辉"暗示她的美丽,以"将随秋草萎"暗示她深怕衰老的悲苦。这篇诗,可以说是创造性地运用《诗经》和《楚辞》中比、兴、赋手法的典范。

第四,注重语言的推敲,要求语言异常精练,含义丰富,十分耐人寻味。例如《行行重行行》中的"胡马依北风,越鸟巢南枝",一个"依"字,一个"巢"字,非常传神,非常生动;"相去日已远,衣带日已缓",只写别离日长而衣带缓,不写离愁使人瘦,十分含蓄。又如《青青陵上柏》中的"洛中何郁郁,冠带自相索",写官僚们钻营驰逐的情况。诸如此类的还有"同心而离居,忧伤以终老"(《涉江采芙蓉》);"一心抱区区,惧君不识察"(《孟冬寒气至》);"不念携手好,弃我如遗迹"(《明月皎夜光》),等等。写景的如"四顾何茫茫,东风摇百草"(《回车驾言迈》);"回风动地起,秋草萎已绿"(《东城高且长》)。叠字的如"青青河畔草""行行重行行""迢迢牵牛星"。双关的如《客从远方来》中的"著以长相思,缘以结不解"。这些都是五言诗在语言方面的特点。而在汉乐府民歌中,显然达不到这样的高度。

《古诗十九首》在中国古诗体方面,开创了五言诗创作的新局面,自此之后,我国的五言诗便作为一种固定的诗体形式,长期被文人们使用,并且出现了许多具有鲜明个性和风格的诗作和诗人。

首先出现了以曹操父子为代表的建安诗歌文人集团。

公元二、三世纪,即历史上被称为建安的时代,在曹操父子的倡导下,许多文人用乐府旧题歌咏新事,出现了许多记述时事、描写乱离生活的作品,开创了五言诗歌的辉煌时代。钟嵘在《诗品》中讲到五言诗的发展时,描述了这时期的诗歌情况:"降及建安,曹公父子,笃好斯文,平原兄弟,郁为文栋,刘桢、王粲为其羽翼。次有攀龙托凤,自致于属车者,盖将百计。彬彬之盛,大备于时矣。"当时,在曹氏父子的收罗下,许多文人都聚集于他们的麾下,出现了邺下文人集团,重要的作家有"三曹"(曹操、曹丕、曹植)、"七子"(孔融、王粲、刘桢、阮瑀、徐干、陈琳、应玚);同时代的作家还有杨修、丁翼、丁仪、吴质、繁钦、缪袭、应璩等。当时"三曹"在政治上和文学上都处于领袖地位,"七子"在政治上是"三曹"的僚属,在文学上是"三曹"的"羽翼"(孔融稍有不同）。其中，曹植尤其是历来公认的当时最优秀的作家。建安诗篇流传下来的不足三百首，其中曹植的约八十首，曹丕的约四十首，曹操和王粲的各二十首。曹植的诗一半以上是乐府歌辞，五言诗是主要形式。他的诗歌创作给五言诗奠定了基础。曹植在中国诗歌史上，留下了许多名篇，如《白马篇》《名都篇》《赠白马王彪》《七步诗》《种葛篇》《浮萍篇》《杂诗》等。

建安诗歌有其独有的特色——反映动乱的社会面貌和人民的痛苦，抒发建立统一局面的理想情操，基调慷慨苍凉。这种特色就是后世所称的"建安风骨"。建安诗人们继承《诗经》和《楚辞》的优良传统，特别是他们直接学习了汉乐府民歌的现实主义精神和方法，尝试着运用五言诗的形式，描写当时动乱的现实，抒发悲苍的情感。

在建安之后出现了正始时期的阮籍、嵇康、左思、刘琨、郭璞等著名诗人，其中以阮籍、嵇康最为著名。他们的诗作虽然贯穿着老庄思想，与建安诗歌明显不同，但在基本精神上还是继承了"建安风骨"的传统，反映了这一时期的政治现实。阮籍是建安"七子"之一阮瑀的儿子，早年颇有抱负，但后来看到司马氏与曹魏统治者的激烈的争夺政权的斗争，便以老庄的处世哲学与之对抗，把心中的抑郁和愤慨都寄托

第二章　中国诗歌的丰富和发展

在饮酒和作诗上,对黑暗的现实采取了一种消极反抗的态度。他在行动上佯狂放荡,内心却十分痛苦,并把这种无法发泄的内心痛苦,用曲折的形式在诗歌中倾泻出来。这就是他的著名的八十二首《咏怀诗》。嵇康是他的好友,与山涛、王戎、向秀、阮咸、刘伶,被称为"竹林七贤"。他同阮籍一样,有较进步的政治理想,对社会现实认识很清楚。但由于当时的政治黑暗,内心十分痛苦,只能以诗歌的形式进行发泄。如他写的《赠兄秀才入军》,借鸾风翱翔自得,不意惨遭猎人摆布之情事,形象地表达了当时世途的艰险和贤者所处的境地。但他因找不到政治出路,在作品中鼓吹颐性养寿,游仙归隐,存在着严重的消极因素。

自东晋永嘉以后,诗坛上五言诗风靡一时。东晋末年,出现了我国中古时期的卓越诗人陶渊明。陶渊明的诗别具风采,把五言诗推向顶端。他的诗作留存下来一百二十多首,代表作有《归去来兮辞》《归园田居》《饮酒》《桃花源诗》等。陶诗中直接描写社会事件的篇章不多。他主要是通过对社会现实的种种感受,隐晦、曲折地反映现实。这些情感虽然多半是个人内心的宣泄,但却暴露了社会的黑暗。《归去来兮辞》是陶渊明辞去彭泽令归田之初所作,叙述归家后的感情和乐趣,表示了与统治阶级决裂的决心,是千百年来脍炙人口的名篇。《归园田居》描写农村田园风光，抒发了劳动之乐。如第三首：

种豆南山下，草盛豆苗稀。晨兴理荒秽，带月荷锄归。道狭草木长，夕露沾我衣。衣沾不足惜，但使愿无违。

从诗里我们看到了一个带着月色荷锄归来的劳动者的形象。陶渊明的诗，常常洋溢着一种劳动者的喜悦之情。如《怀古田舍》诗说："平畴交远风，良苗已怀新；虽未量岁功，即事多所欣。"诸如此类诗篇和诗句，在陶渊明的作品中占去了一多半。由于他的诗写了许多农家生活、田园风光，被后世称为我国第一位田园诗人。在他的影响下，后世出现了大量的田园山水诗，成了我国文学史上的一大诗派，作品自然、平淡、朴素、质直，有其独特的艺术风格。他善于把深厚的感情，压缩在平常事物之中，表面看来没有出奇之处，但细读起来却诗味盎然。他表现感情的艺术手法，不是选择惊奇的词藻和形象，而是捕捉生活中最能表达感情的事物，哪怕一草一木，只要经过点化，便能达到很高的艺术境界。他善于用最洁净的笔墨描写最生动的形象，往往用白描的手法和朴实的语言，在平易的形象中饱含丰富的思想，显得非常含蓄。他在艺术

第二章　中国诗歌的丰富和发展

上创造性地继承、丰富和发展了前代诗歌的优秀传统，不但把五言诗发展到完美成熟的地步，还在一定程度上开了唐代诗歌盛世的先河。陶渊明不愧是我国中古时期的一位伟大诗人。

在魏晋南北朝时期，随着五言诗的产生、发展、丰富和成熟，七言诗也逐步孕育出现了。七言诗句虽在汉代歌谣中就曾出现，但作为诗体形式，直到建安时代才开始出现。现存最早最长的七言诗是曹丕的《燕歌行》。这首诗的原文是：

秋风萧瑟天气凉，草木摇落露为霜。群燕辞归雁南翔，念君客游思断肠。慊慊思归恋故乡，君何淹留寄他方？贱妾茕茕守空房，忧来思君不敢忘，不觉泪下沾衣裳。援琴鸣弦发清商，短歌微吟不能长。明月皎皎照我床，星汉西流夜未央。牵牛织女遥相望，尔独何辜限河梁。

这是一首写男女离别的名作，十分委婉缠绵。无论思想上艺术上都达到了很高的成就，在文人七言诗的发展中有着重要的地位。从句法分析，它是楚辞和赋发展而来的，并受汉乐府民歌的直接影响。曹丕是曹操的次子，公元二二〇年父死继位，做了大魏皇帝。他在位七年，政治上军事上都没有什么突出的建树，但对文学却竭力提倡，特别在诗体形式上曾做过各种尝试。他不但五言诗写得好,而且还模仿民歌写了许多六言诗、杂言诗。这首七言诗就是他向民歌学习,把赋体诗改造之后写成的,风格清新,语言通俗,具有很强的艺术表现力。

这种七言诗体一经产生,就有很强的生命力。它不但对五言诗是进一步的解放和发展,而且在句式和音韵方面增加了新的内容和变化,是我国古典诗体进一步成熟的标志。自曹丕之后,学做七言诗的人逐渐增多,而到南北朝时代则发展成势。号称元嘉三大家之一的鲍照,就写了许多七言歌行体诗。其中,《拟行路难》是这方面的代表作:

君不见少壮从军去,白首流离不得还。故乡窅窅日夜隔,音尘断绝阻河关。朔风萧条白云飞,胡笳哀急边气寒。听此愁人兮奈何,登山远望得留颜。将死胡马迹,宁见妻子难。男儿生世轗轲欲何道,绵忧摧抑起长叹。

他的这种以七言为主的诗体形式,为唐代的七言诗和七言歌行体的形成和发展奠定了基础。从李白的《将进酒》《蜀道难》《行路难》等诗,都可以看到鲍照的影子。

再一个有代表性的就是北朝诗人庾信,也作了许多七言诗，而且形式更加整齐简练。如下面二首：

失群寒雁声可怜，夜半单飞在日边。无奈人心复有忆，今瞑将渠俱不眠。

——《秋夜望单飞雁》

促柱繁弦非子夜，歌声舞态异前溪。御史府中何处宿，洛阳城头那得栖？弹琴蜀郡卓家女，织锦秦川窦氏妻。讵不自惊长泪落，到头啼乌恒夜啼。

——《乌夜啼》

这些诗已很像唐人七言绝句和律诗。另外他还作过一首《燕歌行》七言诗，也写得很好。所以刘熙载《艺概》说："庾子山（庾信字）《燕歌行》开唐初七古，《乌夜啼》开唐初七律。"可见七言诗发展到庾信，已为唐诗奠定了基础。

第三章　中国诗歌的第一个高峰
——唐诗

一、唐诗盛世的形成原因

中国的古典诗歌,从周代春秋战国到汉魏两晋南北朝,经历了长久的历史发展过程之后,到唐代终于形成了波澜壮阔的高峰。

隋之后建立的唐王朝,是一个强大统一、繁荣昌盛的朝代,自建立兴盛到衰败灭亡,经历了近三百年的历史。唐代不仅是我国古代经济大发展的时期,而且也是文化大发展的时期。尤其是诗歌的发展,是我国古典诗歌高度成熟和百花齐放的时代,是俊才云蒸、群星灿烂的时代,在诗歌史上卓然耸立起一座巍巍的高峰。清代新编的《全唐诗》录有二千三百余家,四万八千九百余首诗,其余散失的就无法计算了,可见唐诗

第三章　中国诗歌的第一个高峰
——唐诗

发展的盛况。唐代产生了许多大诗人，开宗立派影响久远的大家不下二十人，独具风格，在文学史上有一定地位的著名诗人约有百人之多。其中，李白、杜甫、白居易等驰名中外，都是饮誉世界的伟大诗人。唐诗在内容上广泛而深刻地反映了那个时代各方面的社会面貌和风俗人情，诗歌题材的领域得到前所未有的开拓。唐诗派别众多，艺术风格争奇斗艳，形成了百花齐放的伟观；在诗体形式上多种多样，除了继续使用五言古体诗、七言古体诗以及由乐府诗发展变化出来的"杂言歌行体"外，绝大多数诗作采用了声律诗，也就是唐近体诗。所有这一切都构成了诗歌繁荣昌盛的局面。唐代是我国诗歌史上群星争辉的黄金时代，是我国古典诗歌高度成熟和十分重要的发展阶段。

唐诗之所以成熟和繁荣昌盛主要有以下几个方面原因：

第一，它是诗歌自身传统发展的结果。中国古典诗歌从《诗经》风体诗的产生，到楚辞的出现、汉乐府诗的发展、五言古体诗的形成、七言古体诗的出现，经过两千年的发展，积累了丰富的创作经验和表现手法。现实主义和浪漫主义的建立和发展，不同诗体的出现和发展，不同题材的开拓和发展，不同语言风格的创造和发展，声律的逐渐丰富和发展，以及表现手法的不断革新等等，都为唐代诗歌的繁荣提供了丰富的借鉴参考材料。唐代的有识之士，吸收了历代诗歌发展中的经验和教训，采取了批判继承和推陈出新的态度。初唐时期，齐、梁形式主义诗风虽然还占统治地位，但已遭到了唐初"四杰"的反对，陈子昂更是大力扫荡齐、梁诗风，明确提出学习《诗经》"风、雅、比、兴"和"汉魏风骨"，在复古中实现革新。李白继承陈子昂的革新精神，大力学习楚辞和乐府诗，创造了独特的浪漫主义诗风。杜甫则明确提出"别裁伪体亲风雅，转益多师是汝师"的主张，既有批判，又有继承，既注意内容精神，又注意声律形式，创作了大量的"尽得古今之体势，而兼人人之所独专"的现实主义诗歌。白居易以"文章合为时而著，歌诗合为事而作"的理论为旗帜，提倡"新乐府"运动，进一步发展了现实主义传统。

这里需要特别说明的是，唐诗在诗体和声律形式上，经过长期的丰富和发展，有了突破性的进展，即出现了具有中华民族语言特色的唐代声律近体诗，包括律诗和绝句两种，而律诗和绝句又分别包括五言和七言、五绝和七绝。这些声律诗都有严格的格律要求。如有固定的字数和句数，必须押双句韵，讲究平仄声调，律诗中间四句需用对仗，等等。

当然，这些严格的声律规范，也是经过长期的酝酿和发展以后才逐步成熟的。有些声律在《诗经》《楚辞》、乐府诗、

第三章　中国诗歌的第一个高峰
——唐诗

五言诗即已出现，如押双句韵。有些则是在后来新发现的，如声调在六朝永明年间被发现，当时有一个叫周颙的学者，由于受印度梵音学的影响，发现汉字有平、上、去、入四种声调，著有《四声切韵》（已失传）；当时的著名诗人沈约，又根据四声来研究诗句中的声、韵、调的配合，指出在作诗时有八种声病必须避免。这八种声病是：平头、上尾、蜂腰、鹤膝、大韵、小韵、旁纽、正纽。沈约要求"一简之内音韵尽殊，两句之中轻重悉异"，即在一篇之中音调全不能一样，在两句之中轻声和重声都要不同。这种诗歌音律，同晋宋以来诗歌中讲究对偶的形式互相结合，就形成了"永明体"的新诗体，而这种新诗体则是我国格律诗产生的开端。它的出现，表明了中国诗歌从比较自由的形式，向讲究格律的形式发展的趋势。但"永明体"在声律上并不完善和成熟。后来到了北朝庾信及隋代卢思道、薛道衡等人手里，进一步完善发展，为唐代近体诗奠定了基础，终于在唐初沈佺期、宋之问等人手里，产生了成熟的唐代声律近体诗。

这些，都是唐诗繁荣的内在因素，即由中华民族诗歌长期的发展积累而必然产生的结果，标志着中华民族诗歌的成熟与完善。

第二，是当时的社会经济、政治、文化等特定历史条件所促成的。文学艺术的发展,和政治、法律、哲学等其他上层建筑一样,总是以经济的发展为基础的。恩格斯在论及十八世纪法国和德国哲学繁荣的原因时指出:"哲学和那个时代的文学的普遍繁荣一样,都是经济高涨的结果。"由于唐代统治阶级总结了历史的经验教训,实行了一系列发展生产的措施,促成了唐初一百多年的经济快速发展,出现了我国封建社会经济发展的一个高峰,这就为唐代文化的发展,包括诗歌的发展,提供了物质基础。与此同时,唐王朝对思想文化采取了相对开放的政策,使国际文化广泛交流、国内各族文化密切融合,儒家、佛家、道家思想同时并存,音乐、绘画、书法、舞蹈等艺术门类普遍发展,形成了唐代文化的普遍繁荣。所有这些,都直接或间接地影响和促进了诗歌的发展。

另外,唐代的阶级斗争和统治阶级内部的斗争也非常复杂。唐中期发生了安史之乱,唐后期宦官势力横行,朋党之争严重,地方割据势力兴起,农民起义此起彼伏,人民群众遭受剥削、压迫,生活动荡贫困。所有这些,又为唐代诗歌创作提供了丰富的源泉。

第三,庶族地主阶层力量的勃兴,成为唐代诗歌的主要阶级基础。曹魏以来实行的九品官人法,造成了世族地主阶

第三章 中国诗歌的第一个高峰
——唐诗

层对政权机构的世袭和垄断。唐承隋制,发展了科举制度,而且应试的主要科目是赋诗。从过去的依门第、身份得官,改为凭诗赋入仕,这种情况使一大批庶族地主阶层的知识分子登上政坛,并且诗歌是他们的入仕工具。这样,就必然会出现庶族地主阶层的知识分子运用诗歌反映庶族地主的生活、感情。有的由于接近劳动人民,还会写出同情人民的诗篇。从已知的唐代两千多位诗歌作者中,虽有来自劳动人民的工匠、樵夫、婢妾和豪族贵人,但其基本队伍是寒素之家的庶族地主阶层的知识分子。他们虽然积极跻身于封建统治的上层,但大多数仍然沉沦下僚,流浪江湖,经历了种种坎坷不平的遭遇,看到了人民的生活,加深了对社会斗争的认识。这不能不说是唐代诗歌繁荣的一个重要原因。

二、新风貌的开创
——初唐诗坛革新

从公元七世纪初年到八世纪初年大约一百年间,唐诗在全国统一的政治局面下和社会经济从恢复到繁荣的基础上缓慢地发展着。可以说,初唐的诗歌是诗歌史上从萧条到繁荣的一个过渡时期。在这个过渡时期中,反对统治诗坛的齐梁诗风的斗争，终于取得了决定性的胜利。随着斗争的深入，诗的内容和形式也逐渐发生了变化，从而为唐诗开创了全新的风貌。唐初三四十年中，随着社会政治的逐步安定和社会经济的逐步恢复，人们作诗的风气逐渐浓厚起来，但有影响的诗人多半是身居宫廷或政坛要职的天子、官僚，诗风也深受齐、梁诗风的影响。一代"英主"李世民也曾作宫体诗，其他如虞世南、上官仪、杨师道、李义府等人无不追随梁、陈，风格轻靡。宰相魏徵的诗也大都是"应制""奉和"的宫体诗。但当时也出现了一些诗人，如王绩、李百药、马周等人，反对梁、陈诗风，主张平易率真，初步显示出了唐诗发展的良好趋势。例如王绩，现存诗五十余首，多以田园闲适情趣为内容，平淡自然，摆脱了梁、陈诗风。"东皋薄暮望，徙倚欲何依？树树皆秋色，山山唯落晖。牧人驱犊返，猎马带禽归。相顾无相识，长歌怀采薇。"这首《野望》诗，是一首标准的五律体，生动地写出了田园景色，在风格上完全摆脱了齐梁浮艳的气息。不论从思想和艺术上，都标志着唐诗的成熟。

从七世纪下半期到八世纪初年，即开元前的五六十年间，唐诗虽还带有六朝的遗风，但整体风貌却已截然不同了。新起的王勃等青年诗人登上了诗坛，对于前代的浮艳诗风和当时以上官仪为代表的宫廷作品，进行了有意识的斗争，特别

第三章　中国诗歌的第一个高峰
——唐诗

是陈子昂打出复古的旗号,力促诗歌革新,把唐诗推到了一个新的发展阶段。这时期的诗歌题材,从宫廷扩展到社会现实,风格变化渐多,律诗、绝句的创作也逐渐规范化。这一时期的重要作家有号称"唐初四杰"的王勃、杨炯、卢照邻、骆宾王,以及沈佺期、宋之问、陈子昂、杜审言等。其中王勃和陈子昂成就最大,是这一时期诗坛的代表。

王勃是王绩的侄孙(隋代大儒王通的孙子),才高自负,位卑不遇,溺水而亡,享年二十八岁。他的诗标志着以新代旧的过渡,风格清新、质朴,显露出唐诗的独特风貌。例如他的传世名作《送杜少府之任蜀州》这样写道:"城阙辅三秦,风烟望五津。与君离别意,同是宦游人。海内存知己,天涯若比邻。无为在歧路,儿女共沾巾。"用"海内存知己,天涯若比邻"这样开阔的诗句抒发"同是宦游人"赠别时的复杂心情,风格变悲凉为豪放,表现了他的不平凡的胸怀与抱负。又如他的另一首传世名作《滕王阁》也写得有景、有情、有风骨,在七言律诗形式上也有所探索:"滕王高阁临江渚,佩玉鸣鸾罢歌舞。画栋朝飞南浦云,珠帘暮卷西山雨。闲云潭影日悠悠,物换星移几度秋。阁中帝子今何在?槛外长江空自流。"

陈子昂是一个得到武则天重视的军事官吏,曾两度从军,征讨契丹。但他言多且直，为权贵所憎，受到处分，使他心气郁结，故作《登幽州台歌》《蓟丘览古赠卢居士藏用》等诸作。后辞官回乡，被权贵爪牙诬陷下狱而死，时年四十二岁。在文学改革方面，他旗帜鲜明，反对齐、梁诗风，标举汉、魏，推崇正始。《感遇诗三十八首》是他文学改革实践的代表作。这些诗或感怀身世，或讽谏朝政，慷慨激昂，类似阮籍的《咏怀》诗；虽有时"词烦意复"，甚至不免"拙率"，艺术创造方面不及李、杜等，但内容充实，风格清峻，不愧为唐初百年来诗歌革新的优秀作家。如他的《感遇》三十七：

朝入云中郡，北望单于台。胡秦何密迩，沙朔气雄哉！藉藉天骄子，猖狂已复来。塞垣无名将，亭堠空崔嵬。咄嗟吾何叹，边人涂草莱。

此诗以雄放的语言，清峻的风格，反映出由于当时突厥族贵族的侵扰，而朝廷又无名将抵抗，使人民遭受苦难，写得真切动人。同类作品还有《感遇》之三、三十五、二十九等。《感遇》三十四，写一个生长在幽燕的游侠子弟，慷慨卫国，有功无赏，讥讽当时的政治。而其传诵千载的名篇，还是那首《登幽州台歌》：

第三章　中国诗歌的第一个高峰
——唐诗

前不见古人，后不见来者。

念天地之悠悠，独怆然而涕下！

武则天万岁通天元年（公元六九六年），契丹首领孙万荣、李尽忠发动叛乱，武则天命族人建安王武攸宜率军讨伐，陈子昂随军参谋。武攸宜不懂军事，致使前锋军惨败。陈子昂屡次进谏，不仅不被采纳，反遭贬斥，官降军曹。陈子昂连受挫折，当他登上古幽州台（即蓟北楼，在今北京市大兴县一带），看到眼前空旷的天宇和原野，引起他无限的感慨，创作出这首动人的诗歌。全诗以慷慨悲凉沉郁的调子，表达了作者功业难就，空怀壮志的悲愤和失意的苦闷情怀。全诗以简洁精炼的语言，勾勒出作者复杂的内心世界，具有强烈的艺术感染力。

在陈子昂革新诗风的理论与实践的推动下，当时诗歌领域先后出现了郭震、张若虚、张说、贺知章、张九龄诸人。郭震是唐中宗时的宰相，遇事敢争。他的诗，托物言志，词句慷慨。杜甫称赞他"直气森喷薄""磊落见异人"。张说，历仕武后、中宗、睿宗、玄宗四朝，玄宗时为中书令。他的诗不追求华丽，抒情的作品往往凄婉动人，在七言歌行发展方面颇有贡献。如他的《巡边在河北作》一首："去年六月西河西,今年六月北河北。沙场碛路何为尔,重气轻生知许国。人生在世能几时?壮年征战发如丝。会待安边报明主,作颂封山也未迟。"张若虚,曾官兖州兵曹,文学上与贺知章齐名,其《春江花月夜》是一篇出色的作品。诗中描写春江月夜的景物与相思离别之情,以及由此而引起的人生感慨,突破了宫体诗狭小天地,颇有生活气息,艺术上写景与抒情交织成文,清丽婉畅,在初唐七古中比较突出。贺知章,官至礼部侍郎、秘书监,秉性放达纵诞,自号"四明狂客"。他的诗,以绝句见长,不尚藻彩,不避俗语,似乎无意求工,而时有新意。如《咏柳》:"碧玉妆成一树高,万条垂下绿丝绦。不知细叶谁裁出?二月春风似剪刀。"又如《回乡偶书》:"少小离家老大回,乡音难改鬓毛衰。儿童相见不相识,笑问客从何处来。"张九龄,玄宗时为宰相。他知安禄山必反,玄宗不听,后为李林甫所忌,贬为荆州长史。其诗多应制之作,但贬后诗风突变。其《感遇》十二首与陈子昂《感遇》诗精神相近。后人论唐诗转变,每以陈、张并称。他的诗和雅清淡,多用比、兴,寄托讽谕,继承了魏晋的优良传统,开创了王维、孟浩然一派的诗风。如《感遇》之一:"兰叶春葳蕤,桂华秋皎洁。欣欣此生意,自尔为佳节。谁知林栖者,闻风坐相悦。草木有本心,何求美人折?"全诗以兰、桂自比,寄托以美德自励、不求人知的意思，正如草木散发芳香不是为了求人折取一样，写得和淡清雅。

总之，唐初一百年的诗坛，是一个变革、创新和逐步成熟的阶段。最明显的有两点：一是诗风大变，扫去了齐、梁浮艳文风，走向反映社会的现实主义道路；二是律体的完成，"四杰"显示出这方面的进步，沈、宋达到严密成熟的阶段。

三、群星争辉，云蒸霞蔚
——盛唐诗坛出现高潮

唐诗经过初唐百年间的曲折斗争与磨炼，到八世纪上半期，即开元（公元七一三年）之初到安史之乱约四十年间，发展到了繁荣的时期，这就是后人所说的盛唐时期。

这个时期，除出现了李白、杜甫两个伟大诗人外，还有许多出身于地主阶级中下层的诗人，以精炼的语言和完整的艺术形式，表现他们对于政治现实的态度和社会生活的感受，反映了广阔的社会内容，风格也是多种多样的。他们的作品，从主要创作倾向来看，可以分为两派：一派是"边塞派"，诗的内容注重战争或政治斗争的题材，风格雄放；一派是"田园山水派"，诗的内容多写山水景物，风格澹远。"边塞派"的主要作家有高适、岑参、王昌龄、李颀、王之涣等人,其中高适和岑参成就较大。他们的作品代表了边塞诗的思想和艺术特点。

岑参,出身于官僚家庭,天宝八年(公元七四九年)从军出塞到了现在的新疆库车,在安西节度使高仙芝府中管理文书。他久佐戎幕,对边地征战生活和塞外风光有长期的观察与体会。他的诗以激越的情思歌颂了戍边战士的战斗精神,描写了多种多样的边塞生活。他的边塞诗即事命题,既写紧张的战斗生活,也写苦乐悬殊的官兵生活,多采用歌行体。例如,他在《走马川行奉送出师西征》一诗中,描写了北国边塞雪海严寒、狂风飞石的环境,衬托出军情急迫和夜行军的艰苦,反映出战士们勇往直前的无畏精神:"君不见走马川行雪海边,平沙莽莽黄入天。""一川碎石大如斗,随风满地石乱走。""半夜军行戈相拨,风头如刀面如割。马毛带雪汗气蒸,五花连钱旋作冰。"另有《轮台歌奉送封大夫出师西征》一首,也是格调高昂之作:"轮台城头夜吹角,轮台城北旄头落。""戍楼西望烟尘黑,汉兵屯在轮台北。""四边伐鼓雪海涌,三军大呼阴山动。"此诗同前诗为同一时期所作,写白日出征时的雄伟声威,表现出高昂雄浑的气概。再如《白雪歌送武判官归京》开头便写道:"北风卷地百草折,胡天八月即飞雪。忽如一夜春风来,千树万树梨花开。"将

第三章　中国诗歌的第一个高峰
——唐诗

北国特有的风光写得何等绮丽！接着，写中军置酒送友，描绘了各种不同的战争生活场面。惜别之情，溢于言词，格调豪放明快。岑参写战争、写景的诗都具有同样的格调。他的诗以慷慨报国的英雄气概和不畏艰苦的乐观精神为基本特征，富有浪漫主义特色，显示出奇情异彩的艺术魅力。其作品形式多样，最擅长七言歌行。有时两句一转，有时三句、四句一转，不断奔腾跳跃，处处形象丰满。

高适，出身于中小地主家庭。李白、杜甫、王之涣都是他的朋友。早期生活较困顿，长期浪游河南开封、商丘一带，过着狂放不羁的生活，受尽冷遇排斥，曾想在战场上立功业，但又没人重视，只做了封丘县尉的小官。后到河西，投笔从军，在河西节度使哥舒翰幕下掌管文书。安史之乱前夕，随哥舒翰返长安，被任为左拾遗和监察御史，佐哥舒翰守潼关。后来哥舒翰兵败被杀，高适到玄宗那里，陈述潼关失败的原因，先后得到玄宗、肃宗的信任，官职累升，最后官至散骑常侍。作有《高常侍集》。

高适诗中的优秀作品，大多数作于北上蓟门、浪游梁宋时期。他是一个"喜言王霸大略，务功名，尚节义"的诗人。在蓟门所写的《塞上》诗里，他对当时的边事表示了深深的忧虑："边尘满北溟，虏骑正南驱。转斗岂长策？和亲非远图。"

同时,他表示了"常怀感激心,愿效纵横漠"的功业抱负。在《蓟门五首》中,他描写了士卒的游猎生活,也歌颂了士卒们在战斗中的英勇精神:"胡骑虽凭陵,汉兵不顾身!"更可贵的是,他公开反对官兵生活苦乐不均,如"战士军前半死生,美人帐下犹歌舞",揭露了军旅生活中的阶级矛盾。他的艺术风格近于岑参,《燕歌行》是其边塞诗的代表作。诗中说:"汉家烟尘在东北,汉将辞家破残贼";"摐金伐鼓下榆关,旌旗逶迤碣石间";"山川萧条极边土,胡骑凭陵杂风雨。战士军前半死生,美人帐下犹歌舞";"铁衣远戍辛勤久,玉箸应啼别离后。少妇城南欲断肠,征人蓟北空回首";"边风飘摇那可度,绝域苍茫更何有!杀气三时作阵云,寒声一夜传刁斗。相看白刃血纷纷,死节从来岂顾勋。君不见沙场征战苦,至今犹忆李将军!"全诗以奔放的语言,沉郁苍凉的风格,描绘出战争的艰苦和战士们的英勇精神,同时揭露了边庭主将张守珪虚报战功、奢侈骄淫的情形,是唐代边塞诗的现实主义杰作。

　　高适的诗,总的来说,现实主义多于浪漫主义。杜甫赞美他的诗"骅骝开道路,鹰隼出风尘"。他的古诗常运用对偶语句,又讲求韵律,读起来抑扬顿挫,婉转流畅,对后来的歌行诗创作很有影响。

第三章　中国诗歌的第一个高峰
——唐诗

　　王昌龄，历任汜水尉、校书郎，后贬任江宁丞，晚年再贬龙标尉，世称"王江宁"或"王龙标"。安史乱起，还归故里，被刺史闾丘晓所杀。他与诗人王之涣、高适、岑参、王维、李白等都有交往，擅长七绝而名重一时，有"诗家夫子王江宁"之称。他善于把错综复杂的事件或深挚婉曲的感情，加以提炼和集中，言少意多，更耐吟咏和思索。他的边塞诗，积极昂扬，格调明快。如千古传诵的名作《出塞》就具有这样的特点："秦时明月汉时关，万里长征人未还。但使龙城飞将在，不教胡马度阴山。"又如《从军行》之四、之五也具有这样的特点："青海长云暗雪山，孤城遥望玉门关。黄沙百战穿金甲，不斩楼兰终不还。""大漠风尘日色昏，红旗半卷出辕门。前军夜战洮河北，已报生擒吐谷浑。"

　　王之涣描写西北风光的作品尤有特色，在当时很有声望，与高适、王昌龄齐名，虽流传下来的作品不多，但其七绝《凉州词》和五绝《登鹳鹊楼》都可列入盛唐代表作中，成为千古绝唱：

　　黄河远上白云间，一片孤城万仞山。羌笛何须怨杨柳，春风不度玉门关。

——《凉州词》

白日依山尽，黄河入海流。欲穷千里目，更上一层楼。

——《登鹳鹊楼》

李颀的边塞诗，也以流畅奔放、慷慨激昂著称于世。其格调与高适相近。如他的《古从军行》：

白日登山望烽火，黄昏饮马傍交河。行人刁斗风沙暗，公主琵琶幽怨多。野云万里无城郭，雨雪纷纷连大漠。胡雁哀鸣夜夜飞，胡人眼泪双双落。闻道玉门犹被遮，应将性命逐轻车。年年战骨埋荒外，空见蒲桃入汉家。

从边塞诗人的作品中，我们可以看出，边塞诗的主要特征是风格豪放雄浑，格调高昂，形象鲜明，音韵流畅。当然，在这种共同的特征中，每个诗人又表现出不同的风格。岑参想象丰富，善用夸张，热情奔放，富有浪漫主义特色；高适则在奔放中见沉郁，高昂中见婉转；王昌龄格调明快，言少意多，耐人寻味；王之涣气势高远，含义深刻，寓理于情景之中；李颀流畅奔放，慷慨激昂，等等。

唐开元、天宝年间，经济空前繁荣，社会比较安定，给一些诗人提供了悠闲生活的物质条件；加之当时的统治阶级

第三章　中国诗歌的第一个高峰
——唐诗

提倡佛老思想,造成了一种特殊的政治生活局面。那些求仕困难的文人想由隐而仕,那些高官厚禄的文人想由仕而隐,或边仕边隐;此外,统治阶级内部的矛盾逐渐发展暴露,也促成了隐逸思想的流行。在这种情况下,继承谢灵运、陶渊明山水田园的诗大量产生,形成了一个诗派。其代表作家是王维和孟浩然,此外还有储光羲、祖咏、裴迪、綦毋潜、邱为、卢象、殷遥、崔署、阎防、张湮等人。

王维,字摩诘,名与字取《维摩诘经》中的"维摩诘"居士。一生除一度奉使出塞外,大部分时间在朝任职,官至尚书右丞。生活奢华,经常出入贵戚王公府第,写了不少应酬诗。他在诗歌上的成就是多方面的,无论边塞、山水诗,无论律诗、绝句等都有流传的佳篇。其边塞诗多能以慷慨的情调,抒发将士的献身精神。而作为画师,他对自然美有敏锐的感受和细致的观察力,描写了多种多样的自然景色,达到了很高的造诣。例如他的名作《山居秋暝》:

空山新雨后,天气晚来秋。明月松间照,清泉石上流。竹喧归浣女,莲动下渔舟。随意春芳歇,王孙自可留。

空山雨后的秋凉,松间明月的清光,石上清泉的声音,浣纱女归来的笑声，渔舟穿过荷花的情景，像是一幅清新秀丽的山水画，又好像一支恬静优美的抒情曲。所以苏东坡说王维"诗中有画"，道出了王维山水诗最突出的特色。王维善于捕捉种种生活情趣，构成独到的艺术意境，既能概括地描写雄奇壮阔的山水景物，又能细致入微地刻画自然事物的各种动态，如"日隐桑柘外，河明闾井间"（《淇上即事田园》）；"渡头余落日，墟里上孤烟"（《辋川闲居赠裴秀才迪》）；"开畦分白水，间柳发红桃"（《春园即事》）；"漠漠水田飞白鹭，阴阴夏木啭黄鹂"（《积雨辋川庄作》）；"屋上春鸠鸣，林边杏花白"（《春中田园作》）等等，都是王维的写景名句。他的山水诗，既有陶渊明田园诗的浑融完整的意境，又有谢灵运山水诗精工刻画的描写特色，语言高度清新洗炼，朴素之中有润泽华采。此外，王维还写过一些别具一格的爱情和赠别诗，前者如"红豆生南国""清风明月苦相思"；后者如"独在异乡为异客，每逢佳节倍思亲。遥知兄弟登高处，遍插茱萸少一人"（《九月九日忆山东兄弟》）；"渭城朝雨浥轻尘，客舍青青柳色新。劝君更尽一杯酒，西出阳关无故人"（《送元二使安西》）。

　　孟浩然，壮年时曾游吴越，后赴长安求官不遇又还归故里。他一生处于求官与归隐的矛盾之中，喜欢用五言诗描写幽寂

第三章　中国诗歌的第一个高峰
——唐诗

的景物，抒写个人的失意和苦闷，例如他的代表作《春晓》："春眠不觉晓，处处闻啼鸟。夜来风雨声，花落知多少？"但也有少数作品格调浑成，气势磅礴，如他的另一篇传世名作《望洞庭湖赠张丞相》："八月湖水平，涵虚混太清。气蒸云梦泽，波撼岳阳城。欲济无舟楫，端居耻圣明。坐观垂钓者，徒有羡鱼情。"

田园山水诗派的主要特征是：诗风澹远，清新雅丽，意境幽美，语言洗炼，形式多用短小洗炼的绝句和律诗。

盛唐还有一些诗人，既写边塞诗，又写山水田园诗，如崔颢、常建、刘湾、张谓等人，很难说他们属于哪一派。崔颢边塞诗写得慷慨豪迈，山水诗也写得相当好。如他的《黄鹤楼》：

昔人已乘黄鹤去，此地空余黄鹤楼。黄鹤一去不复返，白云千载空悠悠。晴川历历汉阳树，芳草萋萋鹦鹉洲。日暮乡关何处是？烟波江上使人愁！

此诗写景如画。最后两句抒发乡愁，余味含蕴。传说李白游楼看到此诗，有"眼前有景道不得，崔颢题诗在上头"之叹，因而搁笔。

唐风宋韵
——中国古代诗歌

盛唐时期的诗坛是丰富多采的,风格是多种多样的,不同的诗派有共通之处,每派之中又有不同的风格,在两派之外,又有另具风采的大家。特别值得称道的是,这个时期出现了两位我国诗史上光彩照人的伟大的诗人——李白和杜甫。

李白生活的时代主要是唐开元、天宝时期的四十多年。这是唐帝国空前繁荣强盛而又潜伏着各种社会矛盾、社会危机的时代。这一时代特点,结合着他的独特的生活经历和思想性格,使他的诗篇具有十分鲜明的独特性,即"豪放中见飘逸"的浪漫主义风格。

李白的一生,政治上不得志,但在诗歌上却取得了很大的成就,写了许多诗篇,留传下来的就有九百多首。这些诗从各个方面表现了他的思想和经历,也表现了盛唐时代的社会现实生活风貌。他的诗以高度创造的精神,淋漓尽致的笔墨叙写各种题材,抒发自己的情怀,是我国诗史上不可多得的浪漫主义杰作。杜甫只比李白小十一岁,他的诗大都作于安史之乱以后,反映的主要是大动乱后的唐代社会。发生在天宝十四年(公元七五五年)的安史之乱,是唐王朝由兴盛走向衰败的转折点。杜甫的前半生主要过的是闲居漫游的生活,在诗作上无多少建树。安史之乱起,他流亡颠沛,曾为

第三章　中国诗歌的第一个高峰
　　　　　——唐诗

叛军所俘,后逃出长安,赶到凤翔,被任为左拾遗。刚上任便触怒肃宗,几乎送命。后又几经磨难,离开长安,弃官西行,入川定居成都浣花溪畔,并在西川节度使严武幕府中任检校工部员外郎,所以后人称他为"杜工部"。谁知好景不长,严武死去,他只好离开四川,移居夔州。公元七六八年(时年五十七岁),携家出峡,漂泊于鄂、湘一带,后死于赴郴州途中,享年五十九岁。杜甫的一生是颠沛流离的一生,同李白一样,一生共写诗一千四百余首,反映了安史之乱前后的动乱社会,再现了这一历史转折时期的重大事件,以及各阶级、阶层的动态、思想和他们之间的矛盾,给予人民以很大的同情。"穷(整)年忧黎元(老百姓),叹息肠内热"(《赴奉先咏怀》),是他的作品的主调。因而,他的诗被后世称为"史诗"。

　　杜甫在艺术上取得了开创性的巨大成就。他的诗不仅有思想性,而且具有高度的艺术性。从创作的方法上来看,杜甫的较大成就和特色是现实主义。他的艺术风格的基本特征是"沉郁顿挫"。杜甫同李白一样,善于总结吸收前人经验,特别是向乐府民歌学习。他更多地吸取了乐府民歌的现实主义传统,在形式上多采用律体,语言高度凝练。这就形成了一套不同于李白的独特的艺术风格。如"缘事而发",多以现实生活中的事件为题材,抒情方式是"沉郁顿挫",描写手法比较细致,等等。

杜甫在继承和发扬《诗经》、乐府民歌、汉魏风骨方面取得了很大成就。他在反映现实生活的作品里,继承传统的现实主义精神,有时全用古调而能青出于蓝胜于蓝,更多的是融古于今,自成杜体。他的许多"即事名篇"就是这方面的代表作。

杜甫是我国伟大的现实主义诗人。他和李白一样,是我国古典诗史上的一位奇才,对后世影响很大,成为诗坛上人们学习的又一面旗帜。

四、新乐府运动及中唐新诗风

以安史之乱为分界线的唐代诗歌,随着社会的急剧变化,也发生了很大的变化,即更加崇尚现实主义。杜甫是树立这种新诗风的旗手,经中唐前期到贞元、元和年间,现实主义逐渐进入一个全面发展的新阶段。

中唐大历前后的诗歌,呈现出一种过渡的状况。元结、顾况等人用诗歌反映现实,是杜甫的同调。

元结曾经历过一段"耕苦山田""与丐者为友"的贫困生活。

第三章　中国诗歌的第一个高峰
——唐诗

天宝十二年登进士第。安史之乱后，曾组织义军抵抗史思明而保全十五城，立战功，任过道州刺史。他是一个"欲济时难"的诗人，曾多次指责朝廷官吏，陈述民生疾苦。主张诗歌能"极帝王理乱之道""上感于上，下化于下"。这正是白居易理论的先声。元结的诗歌创作，实践了他的主张。他的《悯荒诗》写于天宝五年，《系乐府十二首》写于天宝十二年，是唐时较早的新乐府诗。《悯荒诗》是诗人见了淮阴一带水灾后而向帝王发出的谴责。诗中写道："更歌曲未终，如有怨气浮。奈何昏王心，不觉此怨尤"。这种愤怒情绪在当时是少见的。又如他的《系乐府·贫妇词》这样写道："谁知苦贫夫，家有愁怨妻。请君听其词，能不为酸凄！所怜抱中儿，不如山下麂。空念庭前地，化为人吏蹊。出门望山泽，回头心复迷。何时见府主，引跪向之啼。"诗中反映了当时剥削阶级给贫苦人民带来的苦难。其诗风质朴平直，不饰词藻。

　　顾况的诗也不以文词华丽求胜，写了很多有积极意义的作品，对人民表示同情。在表现手法上，不避俚俗，掺杂口语，句法综错流动。如《古离别》："西江上，风动麻姑嫁时浪。西山为水水为尘，不是人间离别人。"诗中不作悲苦怨叹之词，不写具体的离别之事，反而写了一个"不是人间离别人"的麻姑。写法别致，语言也简括谐美。又如《过山农家》："板桥人渡泉声，茅檐日午鸡鸣。莫嗔焙茶烟暗，却喜晒谷天晴。"写景如画，诗味隽永，是一首不可多得的六言绝句诗。

与元结、顾况同时期的还有戴叔伦、戎昱和"大历十才子"：卢纶、韩翃、钱起、司空曙、李端、夏侯审、吉中孚、耿㠇、崔峒、苗发，以及刘长卿、李益和韦应物。他们的诗呈现出不同的色彩，其中戴叔伦、戎昱、刘长卿、李益、韦应物都注意反映社会现实，其中韦应物取得的成就较大。韦应物的诗风格恬淡，追慕"陶体"，也学王维含蓄简远的表现手法。如下面二首：

独怜幽草涧边生，上有黄鹂深树鸣。春潮带雨晚来急，野渡无人舟自横。

——《滁州西涧》

客从东方来，衣上灞陵雨。问客何为来，采山因买斧。冥冥花正开，飏飏燕新乳。昨别今已春，鬓丝生几缕？

——《长安遇冯著》

从贞元中期到元和年间，同元结、顾况一脉相承，出现了以批判现实为主旨的新乐府运动，倡导者和代表作家是白居易，重要的诗人有元稹、张籍、王建等人。所谓"新乐府"，

第三章 中国诗歌的第一个高峰
——唐诗

就是用新题写时事,讽谕现实。其理论口号是白居易提出的"文章合为时而著,歌诗合为事而作"。

白居易,字乐天,号香山居士。父亲早逝,十一岁时由于兵乱,就离家避难江南,常常是"衣食不充,冻馁并至",以至"常常丐米衣于邻郡邑"。这种贫困生活,对他走上现实主义道路有着重大作用。举进士后做了几年谏官,一方面提出许多改革时弊的意见,另一方面有意识地用诗歌表达政见,写出了《新乐府》《秦中吟》等讽谕诗,为此得罪了权豪,被贬为江州司马。这次沉重的打击,使其逐渐转向消极。后又任几个州的刺史、太子宾客、太子少傅等职,最后官至刑部尚书。晚年长居洛阳,活了七十五岁。存诗近三千首,在唐代首屈一指。他的诗,平易通俗,音律和谐,流转自如,形成特有的"新乐府"风格,尤其是他的古体诗,意到笔随,没有一点雕琢拼凑的痕迹。这种平易自然的风格,看起来容易,实际并不是摇笔便成的。宋代看到他手稿的人就说:"香山诗语平易,疑若信手而成者,间观遗稿,则窜定甚多。"(周必大《省斋文稿》卷十六《跋宋景文唐史稿》)古代诗人很少能像白居易写得那样通俗化,也很少能像他赢得那么多的读者。元稹赞美白诗说:"禁省、观寺、邮候、墙壁之上无不书;王公、妾妇、牛童、马走之口无不道。"(元稹《白

氏长庆集序》）

　　白居易把自己的诗分为四类：讽谕，感伤，闲适，杂律。他特别重视讽谕诗，称它为正声。这些讽谕诗是他新乐府理论的具体实践，从内容到风格受陈子昂、杜甫的影响较大，许多作品就是从"三吏""三别"中变化出来的。如《秦中吟十首》《新乐府五十首》等就是这类诗的代表作。前者是诗人在长安时所见所感，一题写一事，讽刺了社会弊端。如第二首《重赋》，揭露了当时统治阶级为了向皇帝"羡余"物而加重农民的赋税。最后几句说：

　　"昨日输残税，因窥官库门：缯帛如山积，丝絮似云屯；号为羡余物，随月献至尊。夺我身上暖，买尔眼前恩。进入琼林库，岁久化为尘。"

第七首《轻肥》讽谕达官显宦生活阔绰、豪奢。正当他们"食饱心自若，酒酣气益振"时，"是岁江南旱，衢州人食人"，把统治者的生活同人民的生活作了强烈的对比。第九首《歌舞》也以对比的手法，揭露了阶级矛盾，一边是"朱轮车马客，红烛歌舞楼"；一边是"岂知阌乡狱，中有冻死囚"。《新乐府五十首》作于元和四年，当时作者正任左拾遗谏官，

第三章 中国诗歌的第一个高峰
——唐诗

他仿照杜甫"三吏""三别"等乐府诗,写新事,标新题,揭露了社会的黑暗和政治上的缺陷。如第七首《上阳人》揭露控诉了封建统治者强选民女,不许她们婚配的痛苦:"上阳人,红颜暗老白发新。绿衣监使守宫门,一闭上阳多少春。玄宗末岁初选入,入时十六今六十。"第二十九首《红线毯》揭露了宣州太守一类官为讨好皇帝进贡红线毯的罪恶。作者在结尾愤怒地谴责道:"宣州太守知不知?一丈毯,千两丝,地不知寒人要暖,少夺人衣作地衣!"第三十首《杜陵叟》痛斥了贪官污吏向农民急敛暴征的罪恶:"剥我身上帛,夺我口中粟。虐人害物即豺狼,何必钩爪锯牙食人肉。"第三十二首《卖炭翁》揭露了皇帝派太监到宫外劫夺人民资财的罪行,是千古传唱的名篇。白居易把他的《长恨歌》《琵琶行》等名篇列于"伤感类"。事实上,这些诗和讽谕诗具有同样的性质,都是采用刻画人物的艺术手法叙事抒情,揭露社会矛盾,更见艺术功力,把叙事诗推向空前成熟的程度,并开辟了七言歌行的新道路。

元稹是白居易的诗友,同白在当时都享有盛名,世称"元白"。他十五岁及第,授校书郎,官至监察御史,曾因与宦官及守旧派官僚斗争而遭贬,后来又因与宦官妥协而官至宰相。他创作新乐府诗早于白居易,也发表过一些新乐府诗的理论，但成就不如白居易。他同白居易一样，以杜甫的"即事名篇，无复倚旁"的精神，作为创作新乐府诗的方针。他的新乐府诗有《乐府古题十九首》《新题乐府十二首》《连昌宫词》等。他的诗歌创作也有沿用旧体的，有自创新题的，也有吸收民间形式的。特别是叙事诗，有所创新，可算是两家的共同特色。例如《连昌宫词》采取《长恨歌》的题材，借宫边老人之口，追述唐玄宗和杨贵妃之事，讽戒之意显著，叙事首尾详尽，布局完整，描写细致，是元诗中较有名的一篇。

在元和、长庆时期，诗坛除了出现新乐府运动之外，在其他题材、形式、风格方面也有了新的发展，产生了许多有名的大诗人，如韩愈、孟郊、柳宗元、刘禹锡等。其中，以韩愈、孟郊为代表的一些诗人，追求奇异、反复推敲，形成了风格相似的一个诗派，主要的诗人还有贾岛、卢仝、刘义、姚合、马异等人。而柳宗元、刘禹锡也各有所长，风格各异，是诗坛大家。他俩关心政治，是中唐时代两位著名的政治抒情诗人。

韩愈不仅是杰出的散文家（世称"唐宋八大家"之一），也是中唐诗坛能别开生面、勇于独创的一位诗人。他在倡导古文运动的同时，也致力于诗歌的革新。他肯定了从《诗经》到建安诗歌的优良传统，反对齐、梁诗风，并把陈子昂、李白、杜甫看作诗歌革新的旗手，对他们多次赞美推崇。

第三章　中国诗歌的第一个高峰
——唐诗

他在创作实践中对李白、杜甫的优点都有所吸收，又能独立地开拓新的道路。韩愈的诗，对当时社会生活的一些重大题材，以及人民的疾苦，都有所反映。他关心现实的态度，叙事抒情的特点，与杜甫有相似之处。在诗歌创作方面，他不仅纠正了大历以来的平庸诗风，而且在中唐诗坛上开创了一个新的局面。他把新的语言风格、章法技巧引入诗坛，从而扩大了诗的领域，为诗歌开拓了一条与李、杜完全不同的道路，创造出一种独具特色的风格。但是，他也给诗坛带来了以文为诗、讲才学、发议论、追求险怪的不良风气。韩愈的诗，在艺术上的特点是宏伟奇崛和"以文为诗"。探险入幽的奇思幻想，拗折排奡的布局结构，佶屈聱牙的僻字晦句，有意违背常规的险韵重韵，以及汪洋恣肆的长篇巨制，是构成他那宏伟奇崛风格的艺术因素。"以文为诗"，杜甫早已有这方面的艺术实践，韩愈则更进了一步。他的"以文为诗"的主要内容是大量的议论成分，铺叙的表现手段和散文化的句式。这一切都为形成宏伟奇崛的风格服务。他的这种艺术风格，结合思想内容，有成功的地方，但也有失败的地方。

孟郊是与韩愈并称的"韩孟派"的代表诗人。一生穷愁潦倒，不苟同流俗，被人称之为"寒酸孟夫子"。在诗风上，深受韩愈的影响，推崇质朴。由于他的社会地位低，对当时的贫富现象有所认识，并能在诗中加以表现，使得他的诗风显得质朴中见深挚，富有创造性。语言不求藻饰，也不讲求音韵谐和、响亮，大都表达了作者内心深处的情感，也反映了劳动人民的苦难。他在诗歌上获得了独特的成就。如下面二首诗：

夫是田中郎，妾是田中女。当年嫁得君，为君秉机杼。筋力日已疲，不息窗下机。如何织纨素，自着蓝缕衣。官家榜村路，更索栽桑树。

——《织妇辞》

慈母手中线，游子身上衣。临行密密缝，意恐迟迟归。谁言寸草心，报得三春晖。

——《游子吟》

韩愈在当时因提倡散文的复古运动，在文章界负有盛名。所以及门弟子颇多，推崇的诗人也不少。除了孟郊之外，还有时称"郊寒岛瘦"的贾岛，"卢奇马怪"的卢仝、马异以及刘叉、姚合等人。

柳宗元是唐中期的一位杰出的思想家、政治家，同时也是一位卓越的散文家和诗人。他的诗具有鲜明的个性和丰富

第三章　中国诗歌的第一个高峰
——唐诗

多采的风格。其中有关政治斗争和悲愤之情的作品,矫厉激越,感奋人心;描绘山水的作品,运思精密,着力于字句的选择和锤炼,表达出峻洁、澄澈的境界,恰如苏轼所评"外枯而中膏,似淡而实美"(《评韩柳诗》)。他的山水诗大都用古诗体,近体诗也写得情致缠绵,色彩绚丽,音调和谐,与他的古诗相比,别具一格;还有一部分诗篇以寓言的形式,谴责政敌们的卑劣凶残,同情人民的疾苦,具有强烈的现实性。

柳宗元在政治上积极支持王叔文的革新主张,是王叔文革新集团的成员之一。但是他们在政治斗争中失败,柳宗元也被贬为永州司马。同他一起被贬为司马的还有刘禹锡、韩泰、韩晔、陈谏等人,历史上称为"八司马事件"。这引起他的无限悲愤,用诗来宣泄自己的不满。如著名的《登柳州城楼寄漳汀封连四州》:

城上高楼接大荒,海天愁思正茫茫。惊风乱飐芙蓉水,密雨斜侵薜荔墙。岭树重遮千里目,江流曲似九回肠。共来百越文身地,犹自音书滞一乡。

在诗中他以荷花、香草象征自己和朋友,以惊风和恶雨比喻恶党和小人,悲愤之情,溢于言表。同类作品还有《与浩初上人同看山寄京华亲故》《柳州二月榕叶落尽偶题》《酬曹侍御过象县见寄》等等。柳宗元的诗主要是政治抒情诗。当然,他的风格不同于白居易、元稹直接揭露达官显贵,抒发胸中悲愤之情,而是通过婉转的方式,或借景抒情,或寄思抒情,或寓言讥讽,运思精密,用语精炼,艺术成就较高。此外,他的山水诗和反映劳动人民生活的诗也写得相当好。如《江雪》就是千古传诵的一篇名作:

千山鸟飞绝,万径人踪灭。孤舟蓑笠翁,独钓寒江雪。

与柳宗元同调的,在当时还有刘禹锡。

刘禹锡也是王叔文革新集团的成员之一,和柳宗元一样,因参加革新而遭贬,因此也写了不少抒发自己身世遭遇的愤懑和痛苦的诗,是当时一位著名的政治抒情诗人。他的风格不同于韩愈、白居易、柳宗元,而是更多地吸收民歌的营养,以明快的语言、生动的形象、比兴的手法,抒写现实政治生活中的种种感受。例如他的有名的两首玄都观赏花诗:

紫陌红尘拂面来,无人不道看花回。玄都观里桃千树,尽是刘郎去后栽。

第三章 中国诗歌的第一个高峰
——唐诗

百亩庭中半是苔,桃花净尽菜花开。种桃道士归何处?前度刘郎今又来。

前首诗是他被贬为朗州司马十年后召至京城时写的。诗中以桃花比攀附反动势力的新贵,表现了毫不动摇的政治决心。后首诗说他十四年前因写前首诗而被贬出京后,人事有许多变迁,但仍不怕高压,表示要继续斗争到底。两诗都写得十分明快畅朗,但又不平铺浅露。类似这样的诗,在刘禹锡的存诗中比比皆是。又如下面二首:

溪水悠悠春自来,草堂无主燕飞回。隔帘帷见中庭草,一树山榴依旧开。
柳门竹巷依依在,野草青苔日日多。纵有邻人解吹笛,山阳旧侣更谁过?

这是柳宗元死后所写的寄诗。诗中所寄老友之情,非常诚挚,令人潸然涕下。

刘禹锡作为一个政治家和诗人,最可贵之处是不颓废、不丧志,具有昂扬向上的乐观主义精神。如为人传诵的《酬乐天扬州初逢席上有赠》:

巴山楚水凄凉地，二十三年弃置身。怀旧空吟闻笛赋，到乡翻似烂柯人。沉舟侧畔千帆过，病树前头万木春。今日听君歌一曲，暂凭杯酒长精神。

这首七律作于宝历二年，是他从和州刺史罢归洛阳，与白居易在扬州相遇时所作。当时他已五十五岁。自政治革新失败后，二十多年辗转朗州、连州、夔州等巴山楚水边远地区，忆昔抚今，感慨万端。如："在人虽晚达，于树似冬春"（《赠乐天》）；"莫道桑榆晚，为霞尚满天"（《酬乐天咏志见示》）；"芳林新叶催陈叶，流水前波让后波"（《乐天见示伤微之敦诗晦叔三君子皆有深分因成是诗以寄》）；"自古逢秋悲寂寥，我言秋日胜春朝。晴空一鹤排云上，便引诗情到碧霄"（《秋词》）。这种昂扬向上的精神，在其他诗人那里是很少看到的。

此外，刘禹锡还有一个可贵之处，就是热爱百姓，学习民歌。他不仅写出了《菜菱行》《插田歌》《畲田歌》等表现劳动人民生活的诗篇，而且在当地民歌的启发下，写了《杨柳枝词》《竹枝词》《浪淘沙词》《踏歌词》等民歌体诗。这些民歌体诗，读来清新自然，明快生动，令人耳目一新。他一生作品较多，为人传诵的诗篇，多是受民歌影响的作品。

五、灿烂唐诗的晚霞

元和（唐宪宗年号）年间，在白居易提倡新乐府运动的同时，以元稹为首的一些诗人，散布一种轻薄浮艳的诗风，即"元和体"，旨在描写男女风情和制作穷极声韵的长篇律诗。正在这个时候，青年诗人李贺出现了。李贺不但在政治上反对元稹，而且在诗歌上也反对"元和体"，"力挽颓风"，独辟蹊径，成为中国诗史上不可多得的一家。

李贺虽活动于中唐末期，比白居易、柳宗元、刘禹锡等人小约二十岁，但他的诗歌的出现，在当时确实起了"力挽颓风"的积极作用，给晚唐李商隐、杜牧、温庭筠等诗人开了反对"元和体"的先例，起了进一步发展唐诗的作用。他是中晚唐之际一位有成就有影响的诗坛奇才。

李贺，字长吉，福昌（今河南宜阳县）人。他自称陇西人（"陇西长吉摧颓客"），是指李姓的郡望而言，他是唐宗室郑王的后裔。父亲在边疆做过小官，死得很早。他和弟弟由母亲养大，姐姐早嫁。他自小家境困顿，又因讳父名（父名晋肃，"晋"与"进"同音），元稹等人不让他考取进士，仅做过奉礼郎小官（这是一个宗庙祭祀时的赞礼官）。他对这种低微的差事很不满意，后退职还家，不久死去，只活了二十七岁。他悲愤于个人的境遇，深信凭借自己的才华可以取得成功，便刻意在艺术上追求创新。传说他每天早晨骑马出去，小奴背古锦囊从之，如得好诗句，即书投囊中，日暮归家，分别足成篇章。其母怜之，说："是儿要呕出心，乃已耳！"这种"呕心"，与贾岛的"推敲"，孟郊的"诗囚"诨号，很相近，反映出李贺作诗的认真。据说他七岁能诗，十余岁与李益齐名，韩愈非常赏识他。

李贺短短的一生写下了许多优秀诗篇，存诗二百四十一首。他在诗歌创作中，继承屈原以来的浪漫主义传统，又从汉魏六朝乐府及萧梁艳体诗中汲取艺术养素，搜奇猎艳，惨淡经营，以丰富的想象力和新颖诡异的语言，表现出幽奇神秘的意境，使得他的诗歌色彩缤纷，形成自己独特的风格。过去有人说李贺是"鬼才"，诗"怪诞"，即指他的诡异风格而言。其实，李贺是一位积极的浪漫主义诗人。他的诗，除写个人失意情感外，还有不少是批判时政、反映当时社会现实的。如《拂舞歌辞》《官衔鼓》就嘲讽了帝王沉溺神仙，追求长生的愚妄；《秦宫诗》《荣华乐》《牡丹种曲》对豪门权贵荒淫生活作了淋漓尽致的揭露；《吕将军歌》《猛虎行》对宦官典兵误国，藩镇专横暴虐表示极大的愤慨；《雁门太守行》《上之回》歌颂了统一战争的胜利；《老夫采玉歌》《感

第三章 中国诗歌的第一个高峰
——唐诗

讽五首》之一等,又在一定程度上表示了对劳动人民的同情。

在诗歌艺术上,李贺主要采用的是自由奔放、不拘一格的乐府体和古诗体,五律只有几首,七律一首也不作。他的作品具有浓郁的诗味。在表现手法上,他巧妙地运用比兴手法,把诗句锤炼得新奇响亮,构思新颖,意境奇丽深邃,塑造了各种动人的艺术形象,具有强烈的艺术感染力。他在艺术上的独特成就,为我国古典诗歌开拓了新的境界,对当时和后世都产生了很大的影响。比如他的《开愁歌》:

秋风吹地百草干,华容碧影生晚寒。我当二十不得意,一心愁谢如枯兰。衣如飞鹑马如狗,临歧击剑生铜吼。旗亭下马解秋衣,请贳宜阳一壶酒。壶中唤天云不开,白昼万里闲凄迷。主人劝我养心骨,莫受俗物相填豗。

在这些奇丽的诗句中,表达出他对当时的愤世之情。诗中写道:自己青年失意,心似枯兰;生活困顿,衣破马瘦;击剑悲怜,典衣沽酒;白昼昏暗,万里凄迷。这是一个多么黑暗的现实世界啊!又如他的《梦天》一诗:

老兔寒蟾泣天色,云楼半开壁斜白。玉轮轧露湿团光,鸾佩相逢桂香陌。黄尘清水三山下，更变千年如走马。遥望齐州九点烟，一泓海水杯中泻。

诗人在梦境的神游中，月宫的老兔寒蟾泣愁阴冷的天色，白色的高楼云影斜遮，带晕的月亮似露水沾湿，在月中和神女相遇。他俯视地上，海陆变化很快，各州郡渺小得如几点烟尘，汪洋大海也不过像倾泻在杯中的一泓水而已。在这里显示出诗人的丰富的想象，高超的比兴，雄放的笔力和壮阔的意境。

李贺死后三四年，唐穆宗李恒继位（公元八二一年），唐王朝进入宦官专权的衰落时期，即晚唐时期。晚唐的最初二十余年间，在李贺的直接影响下，诗歌界继续反对"元和体"，这时期的诗人，以李商隐、杜牧最为杰出，另有温庭筠等一群诗人，是灿烂唐诗的晚霞。

李商隐是晚唐诗坛的一颗明星，也是对后代有很大影响的一位诗人。当时，近体诗尤其是七律，虽经前人多方开拓，然而几乎难以为继，李商隐却异军突起，独树一帜。他爱好绣织丽字，镶嵌典故。其诗包藏细密，意境朦胧，有新语，有巧对，有情调，有气氛，多比兴而又很含蓄，十分耐人寻味。他的绝句和律诗一样，讲求精工，巧于用笔，唱叹有情，其艺术水平不在律诗之下。例如他的《安定城楼》：

第三章　中国诗歌的第一个高峰
——唐诗

迢递高城百尺楼，绿杨枝外尽汀洲。贾生年少虚垂涕，王粲春来更远游。永忆江湖归白发，欲回天地入扁舟。不知腐鼠成滋味，猜意鹓雏意未休。

安定即泾州。此诗是他在王茂元幕府时所作。诗中说明自己有为国立业的宏愿，到老年再退江湖。他嘲笑一般势利小人，只知腐鼠一样的利禄，诽谤高栖梧桐的鹓雏。此诗在艺术上很有特色。前两句写登楼远望，即景兴怀；三、四句借古人写自己；五、六句抒发胸怀；末两句讽刺。整首诗含蓄、修辞精炼，是作者七律中的优秀之作。又如：

相见时难别亦难，东风无力百花残。春蚕到死丝方尽，蜡炬成灰泪始干。晓镜但愁云鬓改，夜吟应觉月光寒。蓬山此去无多路，青鸟殷勤为探看。

——《无题》

本篇写离别相思之情，寄托的具体内容难于确定，或写男女思情，或寄政治理想。但诗的艺术成就很高。又如：

深居俯夹城，春去夏犹清。天意怜幽草，人间重晚晴。

并添高阁迥，微注小窗明。越鸟巢干后，归飞体更轻。

——《晚晴》

这首诗描写初夏晚晴的情景，言外有身世之感，表示从自然界得到启示，在寂寞中精神焕发起来。头一、二句写作者居处幽僻，时值初夏，寒热适宜；三、四句作者以幽草自比，阴雨太久会使幽草烂死，而今天放晴，含人生暮年可喜的态度；五、六句写在深居中的高阁、小窗上眺望：云收雨散，空气澄鲜，夕阳返照；末两句刻画晚晴，巢干表现"晴"，鸟归表现"晚"，且羽干飞捷，写出喜晴，表现了作者的精神振奋。这是一首优秀的五律。

李商隐的绝句写得别有风格。如：

竹坞无尘水槛清，相思迢递隔重城。秋阴不散霜飞晚，留得枯荷听雨声。

——《宿骆氏亭寄怀崔雍崔衮》

宣室求贤访逐臣，贾生才调更无伦。可怜夜半虚前席，不问苍生问鬼神。

——《贾生》

君问归期未有期，巴山夜雨涨秋池。何当共剪西窗烛，

第三章 中国诗歌的第一个高峰
——唐诗

却话巴山夜雨时。

——《夜雨寄北》

向晚意不适，驱车登古原。夕阳无限好，只是近黄昏。

——《乐游原》

以上所举三首七绝，一首五绝，都是李商隐的名作。这些绝句都写得有景有情，精工细密，第一首写在秋雨中，长夜不眠，思念故友。"留得枯荷听雨声"，曾被曹雪芹在《红楼梦》第四十回录用，将"枯荷"改为"残荷"。第二首讽刺汉文帝虽然重视贾谊的才调，却不能真正发挥贾谊的作用，只和他讨论荒唐的鬼神之事而不涉及国计民生的大问题。第三首是作者八四八年在四川巴东旅行时思家之作，情见于辞。第四首叹惜晚年，是写景抒怀之名作。

杜牧是当时著名的散文家。他的散文针对现实，切言刺政，自成一家。他的诗歌也很有成就，与李商隐齐名，后人称他俩为"小李杜"。杜牧的诗歌，在艺术上反对"元和体"，追求"高绝"，不学"奇丽"，不满"习俗"，所谓"不今不古"，风格不像李贺奇特，也不似白居易平易，和李商隐比，可算独树一帜。他的古诗，大都写政治、社会题材，往往豪健跌宕，流丽遒劲。但杜牧最善于近体诗，七绝尤胜。他那些咏史、抒情、写景的绝句，清新俊逸，风韵自然，意境深远，达到较高的艺术水平，在唐代可与李白、王昌龄比美。例如他的《过华清宫绝句》三首之一：

长安回望绣成堆，山顶千门次第开。一骑红尘妃子笑，无人知是荔枝来。

诗里通过人们所熟知的唐明皇杨贵妃的故事，含蓄而有力地讽刺了晚唐帝王们的荒淫享乐。又如他的《泊秦淮》绝句，讽刺那些醉生梦死的上层人物：

烟笼寒水月笼沙，夜泊秦淮近酒家。商女不知亡国恨，隔江犹唱《后庭花》。

《后庭花》即乐曲《玉树后庭花》，是陈后主（陈叔宝）耽于声色时所唱的歌曲，后人把它讥为亡国之音。这首诗借陈后主之事，讥讽那些耽于声色的统治阶级上层人物。他的另一些咏史作品，则带有较明显的史论特色。如《赤壁》诗对三国兴亡成败之事发表独创的议论：

折戟沉沙铁未销,自将磨洗认前朝。东风不与周郎便,铜雀春深锁二乔。

而他的传世名篇《秋夕》则对深闭内廷的宫女寄予很大的同情:

红烛秋光冷画屏,轻罗小扇扑流萤。天阶夜色凉如水,坐看牵牛织女星。

杜牧的写景抒情七言绝句,则更具特色。例如:

千里莺啼绿映红,水村山郭酒旗风。南朝四百八十寺,多少楼台烟雨中!

——《江南春绝句》

远上寒山石径斜,白云生处有人家。停车坐爱枫林晚,霜叶红于二月花。

——《山行》

这些绝句采词清丽,画面鲜明,韵调悠扬,显示出俊健跌宕的风格。

杜牧的古诗,比较重要的有《感怀》,可与杜甫的《北征》、李商隐的《行次西郊作一百韵》相比。此外,他的律诗也有好的。如《早雁》《河湟》《润州》等,都是出色的作品。

大和到大中年间的诗人除李、杜外,温庭筠、许浑、张祜、赵嘏、皮日休、陆龟蒙、聂夷中、于濆、曹邺、杜荀鹤、罗隐、司空图、韩偓、韦庄诸人也取得了一定的成就,艺术风格各异。

第四章 中国诗歌的第二个高峰
——宋词

一、词之兴起，与诗同辉

中国古典诗歌发展到唐朝，从形体上来说，无论古体、律体、长篇短制，都达到了成熟的阶段。在唐诗发展的历史过程中，又孕育和兴起了一种新的诗体形式——词。

起初，词是和音乐结合在一起的，与乐府诗很相似。最初的词，都是配合乐调来歌唱的。词的这种曲词密切结合的特征，使古人对词也有别的称呼，如"曲子词"（如欧阳炯，见《花间集序》）、"今曲子"（如王灼，见《碧鸡漫志》）、"乐府"（如苏轼的《东坡乐府》、贺铸的《东山寓声乐府》等）。又由于词是依曲而填的非整齐句式，所以又有人称它是"长短句"（如辛弃疾的《稼轩长短句》、秦观的《淮海居士长短句》，等等)。词在新起的初期，并没有把它看作是一种与诗平行的体裁，所以古人有人称它是"诗余"。

词与五、七言诗一样也是来自民间，不过它与音乐发生更密切的关系，起于"胡夷里巷之曲"。它的萌芽，可以上溯到南朝。梁武帝萧衍有《江南弄》七曲，每首都由三句七言、四句三言组成。同时期，沈约也有四首，萧统也有三首，可见《江南弄》在当时已成为一种定格，绝不是长短句的偶然杂用。这种形式的产生，是按照乐谱制作出来的。如萧衍的《江南弄》：

众花杂色满上林，舒芳耀绿垂轻阴，连手蹙蝶舞春心。舞春心，临岁腴。中人望，独踟蹰。

这样形式的作品，可以看作是词体的雏形。梁启超说："观此可见凡属于《江南弄》之调，皆以七字三句、三字四句组织成篇。七字之句，句句押韵；三字四句，隔句押韵。第四句'舞春心'，即复叠第三句之末三字，如《忆秦娥》调第二句末三字'秦楼月'也。似此严格的一字一句，按谱制调，实与唐末之倚声新词无异。……此种曲调及作法，其为后来填词鼻祖无疑。"(《词之起源》)据《古今乐录》所载，

第四章 中国诗歌的第二个高峰
——宋词

萧衍的《江南弄》诸曲,是用《西曲》改制的。《西曲》是当时民间的乐辞。这证明他利用民间文艺的形式,进行改作,表现宫廷贵族的思想内容。当然,这只是史书上的记载,真正第一个尝试这种形式的,不一定就是萧衍与沈约。当时,北朝胡夷之曲传入很多,南朝乐府民歌也很盛行。在这种情况下,必然有许多民间歌手首先用这种体裁来歌唱,而君主帝王闲情好乐,便步民间歌手而依曲作词。所以词体产生的功劳应归于民间歌手,而不在君主帝王,萧衍只不过是学步者而已。当然,最初的民间歌手(或宫廷歌妓、乐工)可能是利用这种形式歌唱爱情或艳情的,因这种形式易于表达缠绵之情,在情调上与当时的南朝民歌相一致。这就引起了帝王和封建士大夫文人的兴趣。

  词体虽然萌芽于南朝,但在南朝并没有得到发展。到了隋、唐之际,还在酝酿时期。隋炀帝的《夜饮朝眠曲》,初步具备词的形式,他和王胄同作的《纪辽东》四首,其韵和长短句的组织,更近于词。《乐府诗集》列它为"近代曲辞"之冠,是有一定道理的。孟棨《本事诗》记述过沈佺期在中宗为他赦罪的一次内宴上填《回波乐》而群臣相和的情形,说明唐初撰词的人已不少。不过当时的词体尚粗糙,如《回波乐》就是六言四句的齐言体。宋人王灼说:"盖隋以来,今之所

113

谓曲子者渐兴，到唐稍盛。"（《碧鸡漫志》）这符合词的发展历史。

如前所述，词的发展同音乐密切相关。自东晋到隋、唐，中国的音乐进入一个激变的时代。原有的音乐（楚、汉旧声及清调、琴调等），逐渐衰落，少数民族和国外的音乐，由于军事、通商和传教的各种原因，大量输入。这些音乐不仅声调上与原有音乐不同，就是所用的乐器也大都两样。由于那些乐调繁复曲折，变化多端，令人感到悦耳新奇，于是这种新来的音乐便盛行于民间，而后又入宫廷。据《隋书·音乐志下》记载，隋炀帝定九部乐，除清乐外，其余有西凉、龟兹、天竺、康国、疏勒、安国、高丽、礼毕八部，主要来自少数民族和国外。乐器如曲项琵琶、竖头箜篌等，也是来自西域。到了唐朝，因袭旧制，也用九部乐，并正式规定为宴乐。在这种情形下，新的乐曲普及于民间，盛行于宫廷。音乐方面起了这么大的变化，与音乐发生最密切关系的词，必然由此而滋长起来。《旧唐书·音乐志》说："自开元以来，歌者杂用胡夷里巷之曲"。"胡夷之曲"主要指少数民族的乐曲（也包括少数国外的，如高丽、缅甸）；"里巷之曲"便是来自中原内地的民间歌曲。总的来说，都是来自俗乐。这些音乐是当时词调的主要来源。开元、天宝时期的崔令钦编撰的《教坊记》，载曲三百二十多首，其中除有少数是清乐外，大多数是"胡夷里巷之曲"的俗乐，可见唐玄宗时期的音乐盛况。

迄于开元、天宝间，君臣相与为淫乐，而明皇尤溺于夷音，天下熏然成俗，于时才士，始依乐工拍但之声，被之以辞，句之长短，各随曲度。

——《事文类聚续集》引《能致斋漫录》

这是用少数民族乐曲填词之证，并说明这种新起的音乐，不但盛行于民间（天下成俗），而且也得到帝王的爱好，并认为依谱填作长短句始于玄宗时期。再如刘禹锡《竹枝词引》说：

里中儿联歌《竹枝》，吹短笛，击鼓以赴节。……故亦作《竹枝》九篇，俾善歌者飏之。

这是"里巷之曲"作词之证，并且也说明，民间乐曲悦耳可听，引起文人重新作词的动机。

词的形式由音乐决定，词体文学的发展也发源于民间。前面已经说过，唐代的工商业得到很大的发展，产生了许多大城市，这种情况中晚唐尤其显著。在这样的社会环境下，各阶层的市民，依据当时的新起乐曲，填词歌唱，风气甚为兴盛。这从清末发现的"敦煌曲子词"中可以得到证实。据商务印书馆出版的《敦煌曲子词集》，共收词一百六十多首。其中除少数几首知道作者的姓名外，绝大部分都是民间词。从内容来看，这些无名作者主要是乐工、歌妓、游子、商人、医生及边疆士卒等，他们在当时大都处于社会下层。这些民间词，大部分保持了民间文学的朴素风格。它们代表唐代很长一个历史时期的词作，这些词除少数作品可能出于八世纪，绝大多数产生于九到十世纪。这些作品因为来自民间，所以内容较为丰富，反映的社会面较广阔，比起封建士大夫专以艳情为主题的作品来，大有不同。如《酒泉子》：

每见惶惶，队队雄军惊御辇。蓦街穿巷犯皇宫，只拟夺九重。长枪短剑如麻乱，争奈失计无投窜。金箱玉印自携将，任他乱芬芳。

这首词可能是写黄巢起义军攻入长安时的情况。前片写义军的雄壮及所犯目的；后片写唐军的崩溃及官僚们逃窜时的丑态。作者可能是夹道欢迎者，立场是站在义军一边的。

第四章 中国诗歌的第二个高峰
——宋词

哀客在江西，寂寞自家知。尘土满面上，终日被人欺。朝朝立在市门西，风吹泪点双垂。遥望家乡长短，此是贫不归。

这是《长相思》三首之二，写一个流落外乡的穷商人。第一首写一个在外发了大财的富商，过着花天酒地的生活："尽日贪欢逐乐，此是富不归。"第三首写客死他乡："村人曳在道傍西，耶娘父母不知。"这三首描写商人生活的作品，反映了当时的商业经济。三首都以"客在江西"起句，可知当时的江南是商业要地。

由于商业经济的发达和城市的繁荣，依附于城市的歌妓也出现了。她们大都来自农村或城市贫民，肉体与精神都极其痛苦。如《望江南》：

莫攀我，攀我太心偏。我是曲江临池柳，者（这）人折去那人攀，恩爱一时间。

也有反映爱情生活的。如《菩萨蛮》：

枕前发尽千般愿，要休且待青山烂。水面上秤锤浮，直待黄河彻底枯。白日参辰现，北斗回南面。休即未能休，且待三更见日头。

这些词造意奇巧,遣词尖新,是民间所独有的。

在写景方面,敦煌词中也有不少奇警之句,如写船行:

满眼风波多闪灼,看山恰似走来迎。仔细看山山不动,是船行。

——《浪淘沙》

这是多么动人的艺术构思!没有乘船的实践是得不到这样的艺术形象的。再如这样的词句:"连天红浪浸秋星,误入蓼花丛里""团团明月照江楼,远望荻花风起。"(《西江月》)这又是一种行船之景,刻划得如同画面一般的美丽。

在形式方面,敦煌词不仅有小令,也有长调,如《倾杯乐》《内家娇》长一百多字,《拜新月》《凤归之》长八十余字。这些长调,正是北宋慢词的先声。从前一般人认为慢词起于北宋,看了敦煌词,可见这种看法是错误的。

总的看来,敦煌民间词虽也存在一些消极成分,然其主要特色是刚健清新。这说明了词在民间的发展,一开始就是比较健康的。正是这些民间词,滋养推动了唐五代文人词的发展。

二、词至北宋，势如潮涌

词，萌芽于南朝和隋代，兴起于唐、五代，到了宋代，发展到极盛时期，特别是南宋，达到了它的高峰。唐圭璋编的《全宋词》所辑词两万余首，词人千余家。词的曲调、风格、格律都达到了空前成熟和繁荣的时期。宋词，是继唐诗之后，在诗歌史上出现的又一个奇峰。

宋词，大体上可分两个发展阶段，即北宋阶段和南宋阶段。北宋词，主要是在唐末五代词基础上继续发展，并先后出现过两大风格流派：婉约派和豪放派。南宋词则发展到了高峰，风格多样，特别是突出地反映了时代的主要矛盾民族矛盾和强烈的爱国主义情操，是词的灿烂的黄金时代。

公元九六〇年至一一二六年，是历史上的北宋。在这一时期，赵宋王朝为了巩固自己的统治，采用了一些发展生产的措施，使国内局势在百余年间长期安定，农业生产不断发展，工商业日趋繁荣，城市人口日益集中，大都市经济空前发达，官僚和富有人家生活豪侈。词，这种在唐、五代时为"诗余"的民间歌唱文体，逐渐兴盛起来，作词的人越来越多。不过，宋初百年间的词，基本上沿袭了唐末五代的词风，风格柔弱细密，和婉有味，是后来出现的婉约派的先声。此类词作以晏殊、欧阳修等人为代表。他们的词主要反映贵族士大夫闲适自得的生活及其留连光景、伤世感时的愁绪。在唐五代词人中，他们受南唐前后二主李璟、李煜及他们的宰相、以词著称的冯延巳影响较深，不像温庭筠、韦庄、欧阳炯等"花间派"词人那样，多写男欢女爱，词风丽艳，而是色泽较淡，清丽明媚，语近情深，以白描见长，抒情缠绵细致，表现得含蓄而有韵致，风格偏重于典雅。这种典雅的词风比较适合于北宋官僚士大夫娱宾遣兴的口味，例如晏殊的《浣溪沙》：

一曲新词酒一杯，去年天气旧亭台。夕阳西下几时回？
无可奈何花落去，似曾相识燕归来。小园香径独徘徊。

这首词是晏殊的名篇之一。晏殊，历官显达，宋仁宗时官至宰相。他的词多写佳会宴游、春花秋月、男欢女爱、离情别绪，充满了富贵气息，这首词就是他的代表作。词中以清丽的语言，写出了悼惜春残、感伤年华飞逝的意境，带着一种淡淡的哀怨。特别是"无可奈何花落去，似曾相识燕归来"一联，写出了封建士大夫们所常有的迟暮落寞心理，为世人传作名句。

又如欧阳修的《踏莎行》：

第四章　中国诗歌的第二个高峰
——宋词

候馆梅残，溪桥柳细，草熏风暖摇征辔。离愁渐远渐无穷，迢迢不断如春水。寸寸柔肠，盈盈粉泪，楼高莫近危栏倚。平芜尽处是春山，行人更在春山外。

这是欧阳修具有代表性的作品。表现在词中的恋爱感情，虽然谈不上深刻的社会意义，但也没有流入浮浅空泛，而是显得婉曲绵长，特别是上下阕的最后两句，以春水喻愁，春山隔情，具有一定的艺术感染力。又如他的《蝶恋花》：

庭院深深深几许？杨柳堆烟，帘幕无重数。玉勒雕鞍游冶处，楼高不见章台路。雨横风狂三月暮，门掩黄昏，无计留春住。泪眼问花花不语，乱红飞过秋千去。

这是历代文人高度评价的一首词。艺术上确有可取之处。如末两句，情景交融，浑然一体。

与晏、欧同时而在内容和艺术上都有一定开创性的词人是柳永。

柳永，初名柳三变，屡试不第，到晚年才中进士，做过睦州掾官、定海晓峰场盐官，官至屯田员外郎，故人称"柳屯田"。在北宋著名词人中，他是官位最低的一个。但他却以毕生的精力从事词的创作,是北宋第一个专业词人。现存《乐章集》一卷,存词二百首。

柳永词的主要内容是反映了封建社会中大部分知识分子在怀才不遇、宦途潦倒后的悲愤和不满情绪,表达了对于功名利禄的某种淡漠;同时,他又对妓女们被压迫的生活和思想感情进行了多方面反映,对她们表示了一定的同情,这对词的传统的狭窄的题材范围,有了一些突破。他完全不顾士大夫的轻视和排斥,使用极其生动的俚俗语言来反映下层市民的生活面貌,一手建立了俚词阵地,和传统的雅词分庭抗礼。加以作者写作技巧的纯熟,善于"状难状之景,达难达之情,而出之以自然"(冯煦《宋六十一家词选例言》),因而受到大众的喜爱,享有任何词人都不曾获得的"凡有井水饮处即能歌柳词"(叶梦得《避暑录话》)的声誉。

柳词的最大贡献是发展了长调的体制,善于用民间俚俗的语言和铺叙的手法,组织较为复杂的内容。他是一个精通音律、爱好民间俗曲的词人。他和乐工们合作,创作了大量篇幅较长、句子参差不齐的慢词。长调本不始于柳永,但蔚然成一代风气,却是他倡导的结果。他的《乐章集》所存的一百多个词调中,绝大部分是前所未见的,或者借用旧曲制成新体的。如他把顾复的三十三字《甘州子》制成七十八字

第四章　中国诗歌的第二个高峰
　　　　——宋词

的《甘州令》，把牛峤的四十一字《女冠子》制成一百一十字和一百一十四字两体，把晏殊的五十字《雨中花》制成一百字的《雨中花慢》，等等。柳词有长达二百字以上的三叠词，如《戚氏》。至此，词的体式便相当完备了。

　　柳词的语言风格也不同于晏、欧一派，受唐五代文人词的影响不大。他善于向民间词吸取营养，从许多民间词里学会了怎样写闺怨，怎样使用俚俗语言，怎样运用铺叙的手法。特别是他成功地运用铺叙手法，为北宋文人写长调开辟了道路。柳永铺叙的特征主要是尽情描绘，不讲含蓄，把写景、叙事、抒情有机地结合起来，层次分明，前后呼应，一笔到底：

　　寒蝉凄切，对长亭晚，骤雨初歇。都门帐饮无绪，留恋处，兰舟催发。执手相看泪眼，竟无语凝噎。念去去千里烟波，暮霭沉沉楚天阔。多情自古伤离别，更那堪冷落清秋节！今宵酒醒何处？杨柳岸，晓风残月。此去经年，应是良辰好景虚设。便纵有千种风情，更与何人说？

　　　　　　　　　　　　　　　——《雨霖铃》

　　对潇潇暮雨洒江天，一番洗清秋。渐霜风凄紧，关河冷落，残照当楼。是处红衰翠减，苒苒物华休。唯有长江水，无语东流。不忍登高临远，望故乡渺邈，归思难收。叹年来踪迹，何事苦淹留？想佳人妆楼长望，误几回天际识归舟。争知我倚阑干处，正恁凝愁。

——《八声甘州》

这两首是柳永的代表作，也是千古传诵的名作。向来都认为柳永"工于羁旅行役"，他确实写了大量的羁旅行役的作品，而且是柳词中艺术成就较高的部分。他的这类作品善于捕捉冷落的秋景，点染离情别意，充满凄凉的风味。如前首词以冷落的秋景作衬托，表达和佳人难以割舍的离情，可能是仕途失意远离京城时所作。词的写作技巧相当高明：情景交融，结构严谨，行如流水，非常自然。作者用铺叙和白描的手法，刻画离别时的情景是极生动的。《八声甘州》也是通过萧瑟秋景的极力渲染，抒发怀念佳人的离情，充满了凄愁苦况，表达了作者没有出路的苦闷。在表现手法上与《雨霖铃》大致相同。不同之点是：《八声甘州》是用上阕写景来为下阕抒情创造艺术气氛的；而《雨霖铃》则把"自古伤离别"的"多情"和冷落的清秋景色紧密地结合在一起，创造了一种富有诗意的境界，从而更为缠绵悱恻地表达了离情别绪。

北宋前期的词，不论晏、欧，还是柳永或其他人的词，不论雅词，还是俚词，不论所反映的是士大夫的情趣，还是

第四章 中国诗歌的第二个高峰
——宋词

市民的生活,都没有摆脱"词为艳科"的藩篱,内容依旧局限于男女相思离别之情,"靡靡之音"充塞词坛,风格始终柔弱无力。词到苏轼,其创立的豪放派使词的内容和风格大变,在十一世纪后半期和十二世纪初年的词人中,追随他的人很多,形成了苏门词派。

苏轼,字子瞻,号东坡,一生做地方官。苏轼和其父、其弟均为散文"唐宋八大家",诗为大家,词创新派,是我国文学史上一位多才多艺的文豪。他的词,对由唐五代以至宋初百年间的传统的"艳科"题材进行了大胆的开拓,"以诗为词",用诗所表现的内容和手法来写词,把词看作同诗一般可以"言志"的文学体裁,大胆地表现建立功业的抱负和爱国言志的主题思想,表现豪迈奔放的个人性格和乐观的人生态度。在他现存的三百余首词作中,感旧怀古,抒发壮志,纪游咏物,农舍风光,山川美景,无所不存,摒弃了那些男欢女爱、歌功颂德、伤感颓废的传统题材。正如南宋词人刘辰翁所说的:"词至东坡,倾荡磊落,如诗,如文,如天地奇观。"(《辛稼轩词序》)这是苏词耀人眼目的光芒。

与此相联系,他在艺术上对词进行了大胆的革新,创立了与传统的婉约词派相对立的豪放派。他用浪漫主义的手法,创造出雄浑的意境。他不顾文人的责难与讪笑,毅然打破了词在音律方面过于严格的束缚。诋毁苏轼的人说他不懂音律,这是不实之词。其实,苏轼爱好音乐,他的词可以唱的也不在少数,只是他在作词时不那么拘泥于格律,而是以形式服从内容。这说明苏轼特别重视词的文学意义,不把它当作音乐的附庸,不让思想内容和艺术表达受到损害,不让自由奔放的风格受到拘束。这个创作原则是完全正确的。陆游说他"豪放,不喜剪裁以就声律"(《老学庵笔记》),这话是对的。例如下面两首:

明月几时有?把酒问青天。不知天上宫阙,今夕是何年?我欲乘风归去,又恐琼楼玉宇,高处不胜寒。起舞弄清影,何似在人间?转朱阁,低绮户,照无眠。不应有恨,何事长向别时圆?人有悲欢离合,月有阴晴圆缺,此事古难全。但愿人长久,千里共婵娟。

——《水调歌头》

大江东去,浪淘尽千古风流人物。故垒西边,人道是三国周郎赤壁。乱石穿空,惊涛拍岸,卷起千堆雪。江山如画,一时多少豪杰。遥想公瑾当年,小乔初嫁了,雄姿英发。羽扇纶巾,谈笑间,樯橹灰飞烟灭。故国神游,多情应笑我,

第四章　中国诗歌的第二个高峰
——宋词

早生华发。人间如梦，一尊还酹江月。

——《念奴娇》

这两首都是代表苏轼豪放风格的名作。前一首写中秋怀念亲人，是作者在密州做官时写的。当时他在政治上不得意，和亲人又多年不见，心情抑郁，但他并不悲观。词中反映了由超尘思想转化为喜爱人间生活的矛盾过程，作者把到月宫游仙的幻想同个人真实的思想感情巧妙地结合起来，浑成一体，气魄雄伟。后一首写于被贬黄州时期，这时作者已四十七岁，在他经历了种种政治打击之后，自觉功名事业还没有成功，借怀古抒发自己的怀抱。全词的内容分三个部分：开头写赤壁战场的雄奇景色；然后由遥想转入第二部分，写周瑜的成功，并借以抒志；最后由"故国神游"转入第三部分，是作者自叹，写出了封建社会有志无成的人们的普遍苦闷，但作者的心情是豪迈的，词的格调是高昂的。这是一首久负盛名的作品，后人以"大江东去""酹江月"作为《念奴娇》的代名词。俞文豹《吹剑录》载："东坡在玉堂（翰林院），有幕士善讴。因问：'我词比柳词如何？'对曰：'柳郎中词，只合十七八女孩儿，执红牙拍板，唱"杨柳岸，晓风残月"；学士词，须关西大汉，执铁板，唱"大江东去"。公为之绝倒。"

这个故事很能说明苏词的特征。把写景、抒情、议论熔为一炉，浪漫主义与现实情感相结合，结构动荡跳跃，音调高亢，这便是苏轼豪放词风的特点。

苏轼在词作上的成就，首先震撼了当时的词坛。十一世纪后期和十二世纪初年的词人隶属于他门下的很多，其中较重要的有黄庭坚、晁补之、毛滂、叶梦得、向子諲、陈与义、贺铸等人。但他们都没有达到苏轼的水平。其他像陈师道、李廌、李之仪等也都得到过苏轼的指导和影响。

北宋中叶，在苏轼创立豪放派的同时，另有一些词人，虽然也受过苏轼的影响，但在艺术上却另辟蹊径。他们仍然以柳永的词风为"当行本色"，展绮丽的小令而作长调，善于用柔笔抒情，语言工致而切合音律。后世把他们称为"婉约派"。其代表作家就是最受苏轼称赏的"苏门四学士"之一的秦观，以及北宋末年的周邦彦。

秦观，字少游，号淮海居士，做过几年编修官和地方官，受朝贵贬斥，一生穷愁潦倒不得志，但是个"豪隽慷慨""强志盛气"的人。他一生写作了不少诗篇，但词誉压倒了诗文，是一位杰出的词人，被后人称之为"婉约之宗"。他接受花间词、南唐词的影响，继晏殊、欧阳修、柳永等词人之后，以长调抒写柔情，语工而入律，深得一唱三叹的妙谛，艺术

第四章　中国诗歌的第二个高峰
——宋词

技巧很高。其中很多词作都是优美的抒情诗。但是他的词所反映的现实面很窄，从来不触及国计民生，只是抒写他自己追恋旧欢残梦的生活。当然通过它们可以认识封建社会失意知识分子的不幸，但没有更深的发掘。他虽是苏门词人，基调和苏轼却截然不同，基本上倾向于柳永，多写"情"字和"愁"字。这本来是千百年来诗人们唱惯了的主题，然而，他却能够超越前人之上，得到很多人赞誉。这是由于他在作品中创造了许多优美的艺术形象，传达出真挚的情感的缘故。他的词以"婉美""妍丽""含蓄"见长，能做到"语尽而意不尽，意尽而情不尽"（见周辉《清波杂志》）。张炎称赞他的词"全在情景交烁，得言外意"。少游的词确实是以情见长而又余味无穷。例如：

纤云弄巧，飞星传恨，银汉迢迢暗度。金风玉露一相逢，便胜却人间无数。柔情似水，佳期如梦，忍顾鹊桥归路！两情若是久长时，又岂在朝朝暮暮。

——《鹊桥仙》

这首词根据牛郎织女的故事，歌唱了爱情的真挚。此词不落俗套，设意新奇，特别是最后两句，化腐朽为神奇，描写出真挚不移的感情。又如下面两首《如梦令》：

遥夜沉沉如水，风紧驿亭深闭。梦破鼠窥灯，霜送晓寒侵被。无寐，无寐，门外马嘶人起。

莺嘴啄花红溜，燕尾点波绿皱。指冷玉笙寒，吹彻《小梅》春透。依旧，依旧，人与绿杨俱瘦。

这些词读起来自然清新，琅琅上口，典雅优美，使人从中得到美的享受。

周邦彦，字美成，号清真居士，比秦观小十来岁，主要活动于北宋末年。他长期担任州县官职，后被宋徽宗召为"大晟府"提举（管理乐府的官吏）。他精通音律，能自度曲，在审订词调方面做过一些精密的工作。无论是做地方官或在京城里，他都经常和歌妓舞女们有交往，过着偎绿倚红、眠花宿柳的生活。其词内容多是反映这种放浪的生活，好些作品可以说是柳永词风的翻版，境界不高，没有一点忧国忧民的意思。但是，他的词在艺术上却有很高的造诣，自宋以来受到较高的评价。他的词渊源于柳永而变化更多，魄力更雄厚。他是大晟府的乐府官，知音律，讲四声，能自创新调。

第四章　中国诗歌的第二个高峰
——宋词

语言疏密并用而又含蓄顿挫，符合"雅词"的要求，形象鲜明，音调铿锵，章法千变万化，语言富艳精工。可以说，他是北宋末年婉约派的集大成者。例如他的《苏幕遮》一词：

燎沈香，消溽暑。鸟雀呼晴，侵晓窥檐语。叶上初阳干宿雨，水面清圆，一一风荷举。故乡遥，何日去？家住吴门，久作长安旅。五月渔郎相忆否？小楫轻舟，梦入芙蓉浦。

前段写夏日清晨雀噪初晴，雨后风荷的神态，后段写小楫轻舟的归梦，别具情致。又如他的《浣溪沙》：

楼上晴天碧四垂，楼前芳草接天涯，劝君莫上最高梯。
新笋已成堂下竹，落花都上燕巢泥，忍听林表杜鹃啼。

这是一首伤春词，通过暮春景物的描写，抒发作者的异乡孤寂之感。境界开阔，清新淡雅。

从这里可以看出，北宋词虽经苏轼开辟途径，但数量远较豪放派词人为多的婉约派词人，仍然沿着花间、南唐的路子，以秦观为正宗，到周邦彦更直接从柳永推进，兼采众长，加强音乐性，形成沉郁顿挫的婉约派词风，对当时的万俟咏、晁端礼、田为、晁冲之(以上四人都是大晟府的制撰官)、曹组、吕滨、蔡伸等人,以至南宋的李清照、姜夔、吴文英等人,都有很大的影响。

三、词至南宋,形成高峰

靖康元年(公元一一二六年)由女真族建立的金国,南下进击北宋王朝,并于次年俘虏了徽、钦二帝。至此,北宋灭亡,赵宋王朝退居江南。这便是中国历史上的南宋。

在社会矛盾尖锐复杂的历史背景下,整个词坛的精神面貌有很大的变化,稍有正义感的词人都有所觉醒,摒弃过去歌功颂德、吟花弄月的颓靡词风,开始表现不甘亡国的爱国主题,先后产生了一大批表现人民抗敌思想的爱国主义词人,如伟大的爱国主义作家辛弃疾、陆游(陆游以诗为主)和爱国进步词人李清照、张孝祥、张元干、陈亮、刘过、韩元吉、杨炎正,以及直接受他们影响的南宋后期词人岳珂、黄机、戴复古、刘克庄、陈经国、方岳、李昂英、文及翁、刘辰翁、蒋捷、邓剡、汪元量等,而一些正直、爱国的将相和士大夫如李纲、赵鼎、胡铨,民族英雄岳飞、文天祥,虽然不是以文学为事业的词人,但也都留下了不朽的词篇。这个时期的主战派是处在南宋小王

第四章　中国诗歌的第二个高峰
——宋词

朝卖国集团的压制和打击之下,所以这些词作都或多或少或隐或现地表现了对统治阶级的不满和愤慨,大多数词人都继承和学习苏轼的豪放派词风,特别是辛弃疾,把苏词风格推向更高的阶段。这就是诗歌史上著名的辛派词。

李清照是"婉约派"的正宗词人。她的词,在艺术上别具一格,其特点是能在书写语言和口语的基础上,锻炼出优美、生动的文学语言,富有创造性地塑造鲜明、完美的艺术形象,抒发作者的强烈情感。她是秦观之后另一个婉约派的正宗大词人。她的最大特点是能在婉约中带有豪放的风格。李清照的词在内容上,以一一二七年为界,前后期的作品有显著的区别。她前期的词的主要内容是对爱情的要求和对自然风物的欣赏上,其基本情绪是健康的,有时带有一些抑郁、伤感的成分。例如下面这首词:

蹴罢秋千,起来慵整纤纤手。露浓花瘦,薄汗轻衣透。见有人来,袜划金钗溜,和羞走。倚门回首,却把青梅嗅。

——《点绛唇》

词里塑造了一个天真、爽朗的年轻女子,很可能就是作者自己的写照。又如:

薄雾浓云愁永昼，瑞脑消金兽。佳节又重阳，玉枕纱厨，半夜凉初透。东篱把酒黄昏后，有暗香盈袖。莫道不消魂，帘卷西风，人比黄花瘦！

——《醉花阴》

　　这首词塑造了一个多愁善感、弱不禁风的闺阁美人形象，反映了她前期所欣赏的贵夫人的生活。据伊士珍《琅嬛记》说，这首词是她函赠爱人的，赵明诚非常叹赏，决心胜过此词，苦吟五十首将这首词夹杂在其中，让友人陆德夫辨认。陆德夫说，只有三句绝佳，即此词的末三句。这个故事说明李清照的词艺确实高人一等。"人比黄花瘦"，不说破情，而用瘦来说明长时的相思，愈见情深，表现手法含蓄深刻，故而被广泛传诵。

　　然而，金人的入侵，北宋的亡国，使她家破人亡，极度困苦。这些使她南渡以后的作品发生了显著的变化，所表现的感情是极为沉痛愁苦的。这种愁苦之词所反映的不仅是个人的遭遇，同时也是对赵宋王朝和敌人的控诉与揭露，具有强烈的爱国意义。如：

　　寻寻觅觅，冷冷清清，凄凄惨惨戚戚。乍暖还寒时候，最难将息。三杯两盏淡酒，怎敌他晚来风急！雁过也，正伤

第四章 中国诗歌的第二个高峰
——宋词

心,却是旧时相识。满地黄花堆积,憔悴损,如今有谁堪摘?守着窗儿,独自怎生得黑?梧桐更兼细雨,到黄昏点点滴滴。这次第,怎一个愁字了得?

——《声声慢》

这是李清照南渡以后的名篇之一,写得极度哀愁、悲苦与绝望。在这首词里,作者显示出特别的艺术才能:巧妙而自然的铺叙,对日常生活的高度概括,大量叠字的应用,使作品的艺术效果大大加强。

南渡以后除李清照转而写爱国词以外,在北宋末年以"清都山水郎"自命的清高隐士朱敦儒,词风突变,一扫绮靡风气,由多写"且插梅花醉洛阳"的主题,转而写伤国之感,反映了作者对当时离乱生活的悲愤情绪。另外,这个时期还有许多的爱国大臣、将帅和士大夫也用词来表示自己的爱国心情。如被秦桧诬害的民族英雄岳飞、李纲、赵鼎、胡铨、张元干、张孝祥等人,他们在政治上与出卖民族利益的国贼作斗争,在战场上英勇作战,在词作上悲歌慷慨,壮怀激烈,上承苏轼的豪放风格,下开辛弃疾词派的先河。他们之中以张元干和张孝祥写作较多,成就也较大。岳飞虽然只留下三首词作,但他的《满江红》却成为千古绝唱:

怒发冲冠,凭阑处潇潇雨歇。抬望眼,仰天长啸,壮怀激烈。三十功名尘与土,八千里路云和月。莫等闲白了少年头,空悲切。靖康耻,犹未雪;臣子恨,何时灭?驾长车踏破贺兰山缺。壮志饥餐胡虏肉,笑谈渴饮匈奴血。待从头收拾旧山河,朝天阙。

此首词在强烈的抒情中表达了作者坚决抗敌的爱国思想。通篇风格豪迈,音调激越,一气呵成。此外,新近发现的他的另一首《满江红》也是一篇优秀之作:

遥望中原,荒烟外许多城廓。想当年,花遮柳护,凤楼龙阁。万岁山前珠翠绕,蓬壶殿里笙歌作。到而今,铁骑满郊畿,风尘恶。兵安在?膏锋锷。民安在?填沟壑。叹江山如故,千村寥落。何日请缨提锐旅,一鞭直渡清河洛。却归来,再续汉阳游,骑黄鹤。

这首词是作者在高宗绍兴八年(公元一一三八年)春奉命从江州(今江西九江市)率领部队回鄂州(今湖北武汉市)驻屯时,登黄鹤楼而作。上片是以中原昔年的繁华对比如今在敌骑蹂躏之下的满目疮痍。下片是叹息南宋王朝统治之下士兵牺牲,人民死亡,景况十分萧条。最后希望率兵北伐,收复中原,然后回来重登黄鹤楼,庆祝全国统一。表现了十分

第四章　中国诗歌的第二个高峰
——宋词

强烈的爱国精神。

张孝祥（公元一一三二——一一六九年）号于湖居士，字安国，历阳乌江（今安徽和县）人。在绍兴年间，因廷试名列第一，居秦桧的孙子秦埙之上，后秦桧即借故将他逮捕入狱。在宋孝宗（赵昚）时任建康留守、荆南湖北路安抚使、显谟阁直学士等职。著有《于湖居士乐府》，存词一百七十余首。他为人豪迈、坦率，作词"顷刻即成"，词风在南宋最近苏轼。他写过不少爱国作品，是词人辛弃疾的先行者。长调《六州歌头》是他爱国作品的代表作。这首词前段描写沦陷区的凄惨景象和敌人的骄横；后段写自己报国志未酬的心情。全词义愤填膺，一气呵成。这首词是张孝祥在一次宴会上即席所赋。当时，主战名将张浚读了很受感动，竟为之罢席。另外，他在一些小令中，也表露了同样的感情，例如《浣溪沙》（《荆州约马举先登城楼观塞》）：

霜月明霄水蘸空，鸣鞘声里绣旗红，淡烟衰草有无中。万里中原烽火北，一尊浊酒戍楼东，酒阑挥泪向悲风。

在他的全部作品中最能代表他的艺术成就和风格的，是他在中秋节前夕舟过洞庭湖时所写的《念奴娇》：

唐风宋韵
——中国古代诗歌

洞庭青草，近中秋，更无一点风色。玉界琼田三万顷，著我扁舟一叶。素月分辉，银河共影，表里俱澄澈。怡然心会，妙处难与君说。应念岭海经年，孤光自照，肝胆皆冰雪。短发萧骚襟袖冷，稳泛沧浪空阔。尽挹西江，细斟北斗，万象为宾客。扣舷独啸，不知今夕何夕。

此词是作者被谗言落职后，从桂林北归过洞庭湖所作。用"肝胆皆冰雪"表示自己的高洁，用"吸江酌斗、宾客万象"的气概回答小人的谗言。如果和苏轼的《水调歌头》、《念奴娇》并读，可以看出这两位词家的精神风格何其相似。张孝祥的豪放风格，同苏轼一样，在写景寄意上，也是景色壮丽，寄意高远。如下面一些词句："赤壁矶头落照，肥水桥边衰草，渺渺唤人愁。我欲乘风去，击楫誓中流。"（见《水调歌头》）"江山自雄丽，风露与高寒。寄声月姊，借我玉鉴此中看……回首三山何处？闻道群仙笑我，要我欲俱还。挥手从此去，翳凤更骖鸾"。（见《水调歌头·金山观月》）。

张元干（公元一○九一——一一七○年），字仲宗，自号芦川居士，永福（今福建）人。他是北宋末年的太学生，做过小官吏，以词著称于时。南渡后，曾为李纲行营属官，后因秦桧当国，他不愿和奸臣同朝，弃官而去。后因做词送

第四章　中国诗歌的第二个高峰
——宋词

胡铨被除名。今传《芦川词》，存词一百八十多首。他是南宋初期杰出的词人之一。悲愤爱国是他的词的主调。其艺术特点接近于苏轼。如《石州慢》（《己酉秋吴兴舟中作》）：

雨急云飞，惊散暮鸦，微弄凉月。谁家疏柳低迷，几点流萤明灭。夜帆风驶，满湖烟水苍茫，菰蒲零乱秋声咽。梦断酒醒时，倚危樯清绝。心折，长庚光怒，群盗纵横，逆胡猖獗。欲挽天河，一洗中原膏血。两宫何处？塞垣只隔长江，唾壶空击悲歌缺。万里想龙沙，泣孤臣吴越。

南宋初期的词人，受时代的影响，都不同程度地在自己作品中抒发了爱国情绪。在词的风格上也多受苏轼的影响。然而，更杰出地继承苏轼的革新精神，突出地发扬了苏轼豪放风格，把词推向更高阶段的，是活动于十二世纪后半期的伟大的爱国主义词人辛弃疾。受他的影响，在当时和南宋末期有一大批词人走着他的道路，形成了词史上著名的辛派词人。

辛弃疾（公元一一四〇——一二〇七年），字幼安，号稼轩，山东济南人。在他出生前的十三年，北宋遭靖康之乱，他的家乡也被占领。他在二十一岁时，就组织过一次义军。次年，又率领这支义军参加了耿京的农民起义军。之后辛弃疾劝说耿京归南宋，但当他们渡江投南时，耿京被叛徒所杀，义军溃散。辛弃疾中途得知，十分愤恨，率领了五十多人袭入金营，把叛徒缚回建康，献给了宋高宗（赵构）。辛弃疾的爱国行动，使南宋朝廷大为惊异，任命他作江阴佥判。从此他离开北方，希图在江南实现他收复中原的理想，但最初几年一直官职低微，上书意见又不被采纳，消磨着宝贵的年华。后来朝廷认识了他的才能，屡派他解决当局最棘手的问题，如恢复被破坏的滁州、救荒、打击富豪、建立"飞虎军"等。他历任湖北、湖南、江西安抚使（掌管一路军政的长官），但因同当政的主和派政见不一，四十二岁那年被弹劾落职，此后长期闲居在江西上饶他早年建设的园榭里。中间虽曾两度被起用，但都为时不久就被免职。一二〇七年病死于铅山，享年六十八岁。

辛弃疾作为一个有抱负有气节的将相之才，虽然得不到南宋王朝的重用，但他用词这种文学形式歌唱了时代的哀悲和欢乐、民族的悲愤和希望，词作留有《稼轩词》，一名《稼轩长短句》，存词六百多首。

辛弃疾的词慷慨纵横，以强烈的爱国热情、豪爽的英雄气概和充沛的创作才力，多样的艺术风格，拓宽了词的境界，不仅把词从"艳科"中解放出来，而且引向比苏轼更广阔更

第四章　中国诗歌的第二个高峰
——宋词

激荡的道路，从而获得了辉煌的艺术成就。

任何伟大的诗人，首先必须是时代的歌手。辛弃疾在民族危难的关头，以昂扬的调子，唱出了那个时代的心声。

辛弃疾词所表现的爱国思想，首先是那种以英雄自许或以英雄许人，热望恢复祖国河山的壮志豪情。"要挽银河仙浪，西北洗胡沙"（《水调歌头》）；"道男儿到死心如铁，看试手，补天裂"（《贺新郎》）；"袖里珍奇光五色，他年要补天西北"（《满江红》）。这些都是辛弃疾对当时残破危亡的国家唱出的慷慨悲壮的歌声，充满着奋发有为的精神。这些词有时对庸弱的南宋朝廷表示愤慨，有时又表现得乐观自信。《水龙吟》（《寿韩南涧》）是最能代表他的报国雄心的一首词：

渡江天马南来，几人真是经纶手？长安父老，新亭风景，可怜依旧。夷甫诸人，神州沉陆，几曾回首！算平戎万里，功名本是，真儒事，公知否。况有文章山斗，对桐荫满庭清昼。当年堕地，而今试看，风云奔走。绿野风烟，平泉草木，东山歌酒。待他年整顿乾坤事了，为先生寿。

这首词本是给韩元吉写的寿词，但通篇抒发了作者对沦陷于金人统治下的中原父老的关切和哀痛之情。"几人真是经纶手?"是对南宋统治者的贬责。"平戎万里""整顿乾坤",表现了他以天下为己任的壮志。

辛弃疾词所表现的爱国思想的另一特点是深沉的壮志未酬的忧愤之情。辛弃疾是一位具有雄才大略的人,他一生以报国为志,但南宋朝廷弃置不用他恢复中原。这是他精神上最大的苦闷。辛弃疾的这一类词在他的集子里为数不少,而且也感人最深,代表了那个时代不屈服的民族的愤怒的呼声。他在这类词作里多方面诉说了自己这种不能忘怀故国和苦无用武之地的痛苦和悲伤的心情。如《水龙吟》(《登建康赏心亭》):

楚天千里清秋,水随天去秋无际。遥岑远目,献愁供恨,玉簪螺髻。落日楼头,断鸿声里,江南游子,把吴钩看了,栏干拍遍,无人会,登临意。休说鲈鱼堪脍,尽西风,季鹰归未?求田问舍,怕应羞见,刘郎才气。可惜流年,忧愁风雨,树犹如此。倩何人,唤取红巾翠袖,揾英雄泪!

作者二十三岁南渡以后,一直没有受到朝廷重用。"江南游子,把吴钩看了,栏干拍遍,无人会,登临意"。后段曲折迂回地写出他的抑郁心情:自己既不像西晋张翰那样为了"莼羹鲈鱼"而弃官回故乡,又以许汜的"求田问舍"为羞耻。

第四章 中国诗歌的第二个高峰
——宋词

最后发出年华虚掷的感叹，从而引起英雄失意的深切痛苦。

在南宋词坛上出现波澜壮阔的爱国主义主流的同时，也形成了一股逃避现实，偏重格律的词派。这就是以姜夔为代表的吴文英、史达祖及宋末的高观国、张辑、庐祖皋、王沂孙、张炎、周密、陈允平等一群词人。他们承袭周邦彦的词风，刻意追求形式，讲究词法，雕琢字面，推敲声韵，在南宋后期形成以格律为主的词派。

姜夔，号白石道人，是一个名副其实的清客式人物，长期寄身于豪贵人家，生活并不太坏，这就使他不能正视当时的社会现实。在他的词里虽偶有身世寥落之感，也是不深刻的。他喜爱风雅，怡情山水，经常沉浸于波光水色之中。刻意寻诗填词。这一方面是清客具有的职业技能，另一方面也正是他空虚帮闲生活的反映。过去的词论家对他有许多过高的评论，如戈载《宋七家词选》说："白石之间，清气盘空；如野云孤飞，去留无迹。其高远峭拔之致，前无古人，后无来者，真词中之圣也。"这些词话家所称许的"高远"，显然是指远离现实的一种境界。试以《齐天乐》为例，他在题序里说："蟋蟀，中都呼为促织，好斗。好事者或以三二十万钱致一枚，镂象齿为楼观以贮之。"这本来是揭露官僚地主阶级荒淫生活的好题材，可是在他的词里完全撇开这个意义，只抒写一片难以指实的凄凉的怨情。

姜词中写爱情的部分，占相当大的比例。但他的词不同于柳、黄、秦、周，没有浮艳的情调，更没有猥亵的成分，而是一种永不能忘记的爱情的追忆。如：

燕燕轻盈，莺莺娇软，分明又向华胥见。夜长争得薄情知？春初早被相思染。别后书辞，别时针线，离魂暗逐郎行远。淮南皓月冷千山，冥冥归去无人管。

——《踏莎行·自沔东来》

这首词开头三句写爱人入梦，四句以下是作者梦后设想爱人魂牵梦萦的深情。结尾二句以月下千山来点出作者的思念心情。"冷"字用得极妙，显示出作者运用语言的功力。

第五章　中国诗歌的第三个高峰
——元代散曲

一、散曲的兴起

从十二世纪前期到十三世纪后期,在南宋王朝先后与金、元对峙的形势下,一种新的诗体形式,在金、元统治下的北方兴起了,这就是与"唐诗""宋词"并称的"元曲",也称北曲。

按照传统的看法,"元曲"包括杂剧和散曲两部分,但杂剧是戏剧,而散曲才是诗歌的一种体裁形式。当然二者也有一定的联系,杂剧中的唱词和散曲一样,都是合乐歌唱的。因此,有人把那种用于清唱的曲也称为散曲。但实际上只有那些按谱填词的独立唱曲,才是真正的散曲。

作为诗体的散曲,比杂剧兴起得更早。它是我国诗歌不断推陈出新的结果，也是国内各民族文化互相融合的产物。

　　散曲的产生还得追溯鼓子词、大曲、"诸宫调"和杂剧的产生。在宋辽时代，我国北方流传着一种具有少数民族特点的民间歌曲，即"胡夷之曲"。例如辽天祚时有一首国人谚：

　　五个翁翁四百岁，南面北面顿瞌睡。自己精神管不得，有甚心情杀女直（真）。

　　　　　　　　　　　——叶隆礼《契丹国志·天祚皇帝纪》

　　臻蓬蓬，外头花花里头空，但看明年二三月，满城不见主人翁。

　　　　　　　　　　　——陈述《辽文汇·臻蓬蓬歌》

这些民歌，都具有尖锐泼辣、质朴鲜明、音韵粗犷、语言流畅等特点。相传当时的百姓踏着"蓬蓬"的鼓声节奏来歌唱这些民歌。直到宋、金时代，这些民歌还在民间流传着。宋代曾敏行在《独醒杂志》卷五上说："先君尝言：宣和末客京师，街巷鄙人多歌蕃曲，名曰《异国朝》《四国朝》《蛮牌序》《蓬蓬花》等，其言至俚，一时士大夫亦可歌之。"可见当时蕃曲在民间流传的盛况。

　　在这期间，有些文人吸取了这些民歌的营养，开始革新

第五章　中国诗歌的第三个高峰
——元代散曲

原来的词，创制了新的歌曲形式。徐渭在《南词叙录》中说："今之北曲盖辽金北部杀伐之音，壮伟狠戾，武夫马上之歌流入中原，遂为民间之日用。宋词既不可被管弦，南人亦遂尚此。"明人王世贞《曲藻序》说："自金元入主中国，所用胡乐，嘈杂凄紧缓急之间，词不能按，乃更为新声以媚之。"流行于当时的讲唱文学"鼓子词""大曲"和"诸宫调"，大约就是新更制的歌曲演唱形式。鼓子词吸收了北方蕃曲合鼓而歌的特点，把原来的词调连续叠用，叙述一个完整的故事。如赵令畤的《崔莺莺商调蝶恋花词》，就是用十首《蝶恋花》来歌咏元稹的《会真记》故事。赵令畤是北宋元祐间词人，是苏轼的好友。自他创制鼓子词后，到南宋便流行于民间了。陆游诗说："斜阳古柳赵家庄，负鼓盲翁正作场，身后是非谁管得，满村听说蔡中郎。"可见当时鼓子词流行之盛了。大曲也是在词的基础上，兼歌兼舞，排演多遍，叙一完整的故事。如董颖咏西子的《道宫薄媚》，繁演十遍，先叙作曲大意，次叙西子生平，再叙西子之死，最后叙西子死后徘徊凭吊之意，首尾完整，很像散套的雏形。

鼓子词和大曲的出现，都为散曲的产生准备了条件。特别是诸宫调的出现，直接孕育了散曲形式。鼓子词和大曲都是用一个曲调反复歌唱表演，而诸宫调则是把数种宫调中的名曲集于一起，歌咏一事。诸宫调的出现，大约亦在北宋末年。据王灼《碧鸡漫志》卷二记载："熙宁、元祐间，兖州张山人以诙谐独步京师，时出一两解。泽州有孔三传者，首创诸宫调，士大夫皆传之。"吴自牧《梦粱录》、耐得翁《都城纪胜》、孟元老《东京梦华录》皆有记载，可见诸宫调创自孔三传。诸宫调虽然创于北宋之末，但其流行最盛时却在宋、金时代。据《梦粱录》和《武林旧事》记载，它在南宋中叶曾风行于金朝都市汴京，以此为业的人很多。这种讲唱文学样式主要以多种宫调曲子联套组成，以繁音缛节的变化，说唱广大群众喜爱的故事。它有爱情题材，也有"扑刀捍棒，长枪大马"的题材，其中有的就直接取材于唐代传奇。产生于金代中叶的董解元《西厢记诸宫调》便是这样的作品。

诸宫调的特点是像长篇叙事诗一样，不受时间和场景的限制，通过反复吟咏，使故事得到自由的发展；另一方面，它能表现人物的复杂情绪，塑造典型的人物性格。从语言上说，它能吸取民歌和传统诗词的语言特点，富有音乐性，因而又特别悦耳动听。

与此同时，宋人演唱文学还有"赚词""转踏"，特别是宋杂剧随着民间讲唱文艺的发展，也逐渐发展起来了。宋杂剧来源于唐"参军戏"，在结构上有了较大的扩充，剧本

第五章　中国诗歌的第三个高峰
——元代散曲

和演员角色都大大复杂化了。到了金代，杂剧从宫廷府第走向瓦肆行院，"官本杂剧"发展成为"院本杂剧"，演出的对象成了广大人民群众。金杂剧的内容，除了诙谐调笑之外，还多写历史和爱情故事。而在曲文方面，又极力吸取诸宫调的特点，形成既有道白，又能唱词的剧本，例如《西厢记诸宫调》就对元代杂剧以较大的影响，素有"北曲之祖"的美称。这样到了元代，诸宫调的曲文特点，就溶入了杂剧曲文之中，形成了杂剧中的"曲"。"散曲"是从诸宫调中发展起来而又脱离了舞台表演的韵文样式。它同杂剧中的曲词比较，相同之处是都有调牌，都有多变的音律特点和明白通畅的语言。不同之处是杂剧曲词是根据剧情变化，人物性格特点来写的，就是说，它实际上是一种供案头欣赏（或单唱）的诗体形式。小令则是取一单调独立成章，或者把原来的词调改造成新韵。正因为散曲同杂剧有这种密切的联系，所以许多杂剧作家，同时又是杰出的散曲家。

由此可见，散曲的产生，是在原来词的基础上，吸取北方民族民间歌曲的音乐、语言特点，逐步演变、发展、创造出来的民间歌体形式。

二、元代散曲,别有韵味

　　散曲孕育产生于宋、金时代,兴起于元代。到了元代,散曲独立于传统的诗、词之外,异花独放。根据近人隋树森《全元散曲》辑录,元代有名有姓可考的散曲作者达二百余人,作品有小令三千八百多首,套数四百多套,共计四千余首,这只是收集流传下来的,散失的则不可计数。因为散曲是民间歌唱形式,在当时不被一般文人所看重,只有少数"书会才人"和广大群众才运用这种歌唱形式,他们随唱随弃,不太珍惜,所以大部分散失了。因此,我们今天能看到的元代散曲数量较少,不足以全面反映当时散曲创作的思想内容和艺术质量,只能从现有的散曲中去分析研究元代散曲的发展状况和思想艺术特点。

　　元代散曲,大致可分为前后两个时期。前期散曲作家有的是杂剧作家,有的是民间艺人,有的是官僚,其中有不少非汉族作家,风格各异,流派并兴,成就较高的是关汉卿、王实甫、白朴和马致远。

　　关汉卿,号已斋叟,大都(今北京)人,曾任太医院尹(据《录鬼簿》)。清乾隆时修的《祁州志》,说他是祁州伍仁村人,即今河北省安国县人,那里一直流传着他的传说,可能他的原籍在祁州,后因在太医院任官和从事戏剧活动,才长期定

第五章　中国诗歌的第三个高峰
——元代散曲

居大都的。朱经《青楼集序》说："我皇元初并海宇，而金之遗民若杜散人、白兰谷、关已斋辈，皆不屑仕进。"白兰谷即白朴。关汉卿在太医院任官当在元灭南宋，即朱经说的"初并海宇"以前。他曾写过十首［大德歌］，可能是大德年间（公元一二九七——一三〇七年）流行的。从这种迹象推断，他的生年同白朴相去不远，约在金宣宗贞祐、元光之间（公元一二一三——一二二二年），卒于大德年间。元末熊自得编纂的《析津志》载有他的小传，其中介绍他的为人时说："生而倜傥，博学能文，滑稽多智，蕴藉风流，为一时之冠。"他是当时活动较早的著名的杂剧作家，一生创作了六十三个剧本（大部分散失），《窦娥冤》是其代表作。他擅长歌舞，精通音律，还常常亲自参加舞台演出，在当时的戏曲界是个相当活跃且很有影响的人物。

关汉卿的散曲现存套数十四，小令五十七，其中，［大石调归塞北］套数已残，［大石调青杏子］（《骋怀》）套数的作者应是曾端。另外，还有小令十九首，疑非关汉卿所作。他的散曲内容大体有五方面：离愁别恨、爱情生活的记叙、自然景物的描绘、技艺的赞赏和思想性格的自我表白。其中，前两个方面所占的分量最多，其艺术风格以清隽婉丽见长，语言清新，情调缠绵。如：

咫尺的天南地北，霎时间月缺花飞。手执着饯行杯，眼阁着离别泪。刚道得声"保重将息"，痛煞煞教人舍不得，"好去者望前程万里！"

——［沉醉东风］《离情》五首之一

自送别，心难舍，一点相思几时绝？

凭阑袖拂扬花雪。溪又斜，山又遮，人去也。

——［四块玉］《别情》

这两首小令用不同的情景来抒写离愁别恨。前者写离别之际的难舍难分，刻画了出现在饯行场面上的一个声泪俱下的女性形象，表现了一缕凄惋的幽怨。它们不仅手法不同，意境也不同，就是语言上也显示出不同的风格，一个质朴自然，一个婉约轻转。但它们都同样生动、逼真。关汉卿的这类作品善于表现女性的真挚感情和率直行动，又善于刻画她们的心理状态，表达她们心灵深处的波动。

王实甫，名德信，字实甫，大都人。从他的一首题为《退隐》的散曲，我们知道他做过官，后来退职回家，并且至少活到六十岁，曾在勾栏瓦肆中生活过。王实甫是一位富有才华的杂剧作家，据《录鬼簿》载，有十四种剧本，现存《西厢记》《破窑记》《丽堂春》三种，还有《贩茶船》《芙蓉亭》两

第五章　中国诗歌的第三个高峰
——元代散曲

剧的残文。其中，五本二十一折的《崔莺莺待月西厢记》是元代四大爱情剧之一，也是我国古典戏曲中一颗灿烂的明珠。其中的曲文，风韵优美，词章清丽，诗意很浓。他的创作活动大约在元成宗（铁穆耳）大德年间（公元一二九七——一三〇七年），与关汉卿同时代。可惜他的作品散失很多，流传下来的散曲只有几首（《金元散曲》只收小令一首，套数两套）。其风格以缠绵婉丽取胜。如他的小令：

　　自别后遥山隐隐，更堪远水粼粼。杨柳飞绵滚滚，对桃花醉脸醺醺。透内香风阵阵，掩重门暮雨纷纷。
　　怕黄昏忽地又黄昏，不销魂怎地不销魂。新啼痕压旧啼痕，断肠人忆断肠人。今春香肌瘦几分，缕带宽三寸。

　　　　　——［中吕十二月过尧民歌］《别情》

这种作风同他的伟大剧作《西厢记》的情调相同。［十二月过尧民歌］是中吕宫里的过曲，由［十二月］和［尧民歌］两支曲子组成，它们都不能单独用作小令，合起来才可用作小令。王实甫的这首题为《别情》的小令是写女子别情幽怨的，缠绵悱恻，动人心弦，前曲句句用叠字，后曲使用连环句法，妥贴美妙，表现出作者纯熟的写曲技巧和语言功力。我们还

可以从《西厢记》中摘录几支曲辞:

[胜葫芦]恰便似呖呖莺声花外啭,行一步可人怜,解舞腰肢娇又软,千般袅娜,万般旖旎,似垂柳晚风前。

这是张珙初见莺莺时对莺莺身姿的描写,有声有色有喻,真是窈窕女子。

[二煞]院宇深,枕簟凉,一灯孤影摇书幌。纵然酬得今生志,著甚支吾此夜长?睡不着如翻掌,少可有一万声长吁短叹,五千遍倒枕槌床。

[尾]娇羞花解语,温柔玉有香,我和她怎相逢,记不真娇模样。我只索手抵着牙儿慢慢地想。

这是张珙对莺莺的思念,写尽了情人思念情人的情态。

[正宫端正好]碧云天,黄花地,西风紧,北雁南飞。晓来谁染霜林醉,总是离人泪。

[滚绣球]恨相见的迟,怨归去的疾。柳丝长玉骢难系,恨不倩疏林挂住斜晖。马儿迍迍的行,车儿快快的随,却告

第五章　中国诗歌的第三个高峰
——元代散曲

了想思回避,破题儿又早别离。听得一声去也,松了金钏,迤望见十里长亭,减了玉肌。此恨谁知?

[耍孩儿]淋漓襟袖啼红泪,比司马青衫更湿。伯劳东去燕西飞,未登程先问归期。虽然眼底人千里,且尽生酒一杯,未饮心先醉。眼中流血,心里成灰。

以上是著名的十里长亭哭宴送别中的几支曲辞。从这些曲文中,我们可以看到王实甫写曲的高超手段。他把读者带入了诗情画意之中,特别是对主人公的心理描写,既真实又细腻,且能根据人物的不同身份不同时间,做到恰如其分地描写。同是一个莺莺,在花园私会初恋时是羞答答的娇女儿,而当成亲送婿入京时,就变成了一个情深意重的少妇。

白朴(公元一二二六——一二八五年),字仁甫,一字太素,号兰谷,隩州(今山西河曲附近)人,后移居真定(今河北正定)。出生在一个官宦之家(父为金枢密院判官),从小随父白华居住金朝的首都南京(今开封)。一二三四年金亡后,他随元好问到山东。元、白两家本是世交,元好问很喜爱白朴,在文学方面给了他不少的教导,曾赠其诗说:"元白通家旧,诸郎独汝贤。"

白朴幼年曾遭家国之难,其母在他七岁时被蒙古军掳去,这对他的成长有很大影响,故不愿出仕元朝,一生放浪形骸,玩世滑稽。他作为"元曲四大家"之一,写了十六个杂剧,以及大量词和散曲,其中最出色的是杂剧《墙头马上》,被称为元代四大爱情剧之一。其不少作品通过咏景怀古,表达了怀念故国的感情,如［沁园春］《金陵凤凰台眺望》。白朴的散曲现存有三十七首小令和四个套曲,其中有的咏唱男女恋情,有的感叹人生无常,也有的描写自然景色。就思想感情来说,大都抒发了一种哀愁低沉的调子,但很少有当时散曲中常犯的庸俗毛病。从其艺术特点来说,文字清丽婉约,写景如画,诗意浓厚。他的名作是描写"闺怨"的套曲［仙吕点绛唇］《金凤钗分》,开首两支曲是:

［仙吕点绛唇］金凤钗分,玉京人去秋潇潇。晚来闲暇,针线收拾罢。独倚危楼,十二珠帘。风萧飒,雨晴云乍,极目江山如画。

［混江龙］断人肠处,天边残照水边霞。枯荷宿鹭,远树栖鸦。败叶纷纷拥砌石,修竹珊珊扫窗纱。黄昏近,愁生砧杵,怨入瑟琶。

这些曲写得清丽,能和谐地以景物来衬托出人物心理。又如［阳

第五章 中国诗歌的第三个高峰
——元代散曲

春曲]中的句子:"回头沧海又尘飞,日月疾,白发故人稀。"他的写景曲秀美清丽,如[驻马听]中的句子:"凤凰台上暮云遮,梅花惊作黄昏雪。人静也,一声吹落江楼月。"又如:"孤村落日残霞,轻烟老树寒鸦。一点飞鸿影下,青山绿水,白草红叶黄花。"这些曲辞写景秀美,宛若一幅美丽的图画。

马致远(公元一二五〇——一三二一至一三二四年间),字千里,号东篱,大都人。他是一位"姓名香贯满梨园"的著名杂剧作家,又是"元贞书会"的重要人物,"元曲四大家"之一。马致远的生平活动没有专史记载,只能从他的曲作和其他材料推断,他在大都生活了二十多年。元世祖至元二十二年(公元一二八五年)以后,他做过江浙行省务官(据《录鬼簿》),五十岁左右时退出官场,开始了隐居生活。他的散曲[哨遍]说:"半世逢场作戏,险些儿误了终身计。白发劝东篱,西村最幽栖。"

马致远很早就开始创作杂剧。据《录鬼簿》记载,他一生所写杂剧有十三种,流传下来的只有七种。元贞、大德时期是他写作剧本最多的时候,其中最著名的是《汉宫秋》,写汉元帝时王昭君出塞的故事,曲辞相当优美,且能贴切地表达出人物的心情。其流传下来的散曲存于《东篱乐府》,有小令一百零四首,套数十七首,共一百二十多首,内容大致有三：叹世、写景、男女恋情。前两类作品的主调是消极遁世，表现出了马致远清逸独特的艺术风格，奠定了他作为散曲名家的地位。

［双调夜行船］《秋思》是马致远"叹世"之作的代表作：

［双调夜行船］百岁光阴一梦蝶，重回首往事堪嗟。今日春来，明朝花谢，急罚盏夜阑灯灭。

［乔木查］想秦宫汉阙，都做了衰草牛羊野。不恁么渔樵没话说。纵荒坟，横断碑，不辨龙蛇。

……

［拨不断］利名竭，是非绝。红尘不向门前惹，绿树偏宜屋角遮，青山正补墙头缺，更那堪竹篱茅舍。

［离亭宴煞］蛩吟罢一觉才宁贴，鸡鸣时万事无休歇。争名利何年是彻？看密匝匝蚁排兵，乱纷纷蜂酿蜜，急攘攘蝇争血。裴公绿野堂，陶令白莲社。爱秋来时那些：和露摘黄花，带霜烹紫蟹，煮酒烧红叶。想人生有限杯，浑几个重阳节。嘱咐你个顽童记者："便北海探吾来，道东篱醉了也！"

这个套曲思想倾向是对人间一切功名利禄的否定，其中虽有对"蚁排兵""蝇争血"的激愤，但在作者看来，那一切都

第五章 中国诗歌的第三个高峰
——元代散曲

是虚无的,到头来"百岁光阴一梦蝶"。因此,他提倡及时行乐,饮酒醉世。就艺术技巧来说,这个套曲形象鲜明,用字工练,声韵和谐,显示出作者写散曲的功力。情调上也表现了作者"野鹤孤云"般的萧爽清逸的特点。

马致远描写景物的散曲的代表作是一首题为《秋思》的[天净沙]小令:

枯藤老树昏鸦,小桥流水人家,古道西风瘦马。夕阳西下,断肠人在天涯。

全篇用常见的一些景物构成一幅精美的秋晚图,一气呵成,没有一点堆砌的痕迹。它用景物点染"秋",也用景物来表现"思"和"念",即通过客观景物的描写表现出天涯游子的"思念"情感。

马致远散曲中描写男女恋情的作品,不喜作狎呢语,比较庄重。如[寿阳曲]三首:

云笼月,风弄铁,两般儿助人凄切。剔银灯欲将心事写,长吁气一声吹灭。

心间事,说与他,动不动早言两罢。罢字儿碜可可你道是耍?我心里怕那不怕?

从别后,音信绝,薄情种害杀人也。逢一个见一个因话说,不信你车辆儿不热。

这三首从不同角度描写闺中少妇思念情人、爱情如火的情态。第一首写夜阑人静,思念情人把灯剔亮,欲将自己的心事写给情人,但又思绪如麻,一时无从下笔,只好叹一口长气,把灯吹灭。第二首写情人之间戏耍说心间事而引起的误会,但误会并未影响他们的纯真爱情。第三首写别后无音信的情人,引起一个女子的爱骂,骂他是"薄情种",骂他"害杀人",而且她见人便说,直说得对方耳根子发烧,真是泼辣极了!

应该说,马致远的散曲形象鲜明,诗意浓厚,文字清丽,音韵和谐,不愧是元曲的高手。

元代后期的散曲作家多是些潦倒文人,除郑光祖外,很少兼写杂剧,和前期的散曲作家的情况大不相同,他们多追求声律词藻,惯于摘取诗词名句,创作趋势走向典雅工丽。张可久、乔吉是这一时期最有代表性的作家。张可久一生致力于散曲的创作,留下作品八百多首,乔吉也有二百多首,他们创作的数量在元曲中是最多的。但是他们纵情诗酒,放浪山水,对现实表现出淡漠的态度,在艺术上刻意求工,以

第五章 中国诗歌的第三个高峰
——元代散曲

诗词的细腻来匡补散曲的粗犷，用词典雅，格调婉约，与词没有多大区别。这时期的徐再思、任昱、吴西逸、周德清等人，作品都写得清丽秀雅，与张、乔风格最为接近，而贯云石、曾瑞、刘时中、薛昂夫、钟嗣成等，则与前期的关、马等人有一脉相承之处。

张可久（公元一二七〇年前——一三四〇年后），字小山，庆元（今浙江鄞县）人。生平不详，只知道他做过桐庐典史小吏，一生不得志，暮年久居西湖。他一生放浪山水，纵情酒色，游过不少地方。在文人竞作杂剧的元代，他专写散曲，特别致力于小令。评论者多把他和乔吉比作散曲中的李、杜。

张可久的散曲有《小山北曲联乐府》三卷，《外集》一卷，内分"今乐府""苏堤渔唱""吴盐""新乐府"四种。他的作品流传到今天的有小令八百五十五首，套数九套，在元代作家中数量可称首屈一指。他的散曲创作专以炼句为工，对仗见巧，且多撷诗词名句，失掉散曲的活泼本色。例如[凭阑人]《江夜》：

江水澄澄江月明，江上何人搊玉筝？隔江和泪听，满江长叹声。

这首小令采取白描手法,写月夜江上筝声动人,意境近于唐人绝句或词。他的套曲[南吕一枝花]《湖上晚归》最为后人欣赏:

[南吕一枝花]长天落彩霞,远水涵秋镜。花如人面红,山似佛头青。生色围屏,翠冷松云轻,嫣然眉黛横。但携将旖旎浓香,何必赋横斜瘦影。

[梁州]挽玉手留连锦英,据胡床指点银瓶。素娥不嫁伤孤另。想当年小小,问何处卿卿?东坡才调,西子娉婷,总相宜千古留名。吾二人此地私行,六一泉亭上诗成,三五夜花前月明,十四弦指下风生。可憎,有情,捧红牙合和《伊州令》:万籁寂,四山静,幽咽泉流水下声,鹤怨猿惊。

[尾]岩阿禅窟鸣金磬,菠底龙宫漾水精。夜气清,酒力醒;宝篆销,玉漏鸣。笑归来仿佛二更,煞强似踏雪寻梅灞桥冷。

这个套曲运用比拟的手法来勾描西湖的黄昏景色,一方面大量融铸前人名句,一方面精心雕镂独创的后语,创造出一幅恬静的气氛,表现了一种清劲的风格。但是,他过分追求文字技巧,以诗词作法谱曲,脱离了散曲特有的风格。同时其内容写作者携美人西湖行乐,从我们今天看来,没有多大价值。

但这种生活却为封建社会中多数文人所羡慕,所以他们很欣赏这一套曲。明代李开先称誉此曲是"千古绝唱",清代刘熙载称张曲近乎"骚雅""不落俳语",可见此曲过去多么脍炙人口。

由于张可久一生放浪山水,所以他的作品题材比较狭窄,大多数是欣赏山光水色和抒写个人情怀,除此之外就是一些应酬怀古之作。他的写景曲善于刻画描绘大自然的美,而且语言清新婉媚。除了上面几首外,再如:

嗈嗈落雁平沙,依依孤鹜残霞,隔水疏林几家。小舟如画,渔歌唱入芦花。

——[天净沙]《江上》

朱帘上,皓齿歌,柳梢青野梅开过。倚阑干醉眄天地阔,雪山寒玉龙高卧。

——[落梅风]《越城春雪》

这些写景曲,用字工丽,表现出张可久写景曲的婉约特点。

张可久在当时负有盛名,明清以来一直受到散曲创作文人们的推崇。这首先是由于他在散曲中所表现的闲适放逸的情趣,投合了广大下层文人的胃口,同时也由于他吸收了诗词的声律、句法、词藻，形成了一种清丽而不失自然的散曲风格，为一些从诗词转向散曲的作者开了一条路。

乔吉（公元一二八〇——一三四五年），字梦符，号笙鹤翁，又号惺惺道人，山西太原人，流寓杭州。他和《录鬼簿》的作者钟嗣成有交谊。钟记他"美容仪，能词章，以威严自持，人敬畏之。居杭州太乙宫前。有《题西湖梧叶儿》百篇，名公为之序。……至正五年二月，病卒于家"。他一生潦倒，因而寄情诗酒，思想颓废。这在他的散曲中表现得十分清楚。他的［绿幺遍］《自述》里说："不占龙头选，不入名贤传，时时酒圣，处处诗禅。烟霞状元，江湖醉仙。笑谈便是编修院。留连，批风切月四十年。"他的散曲有后人所辑的《梦符散曲》三卷，内分《惺惺道人乐府》《文湖州集词》和《乔梦符小令》，他共存小令二百零九首，套数十一首。在元代后期散曲作家中，他与张可久并称，有其独特的艺术风格。与张可久相同处是以讲究字句，清丽见长，注意词藻和格律的锤炼，少用衬字，表现了典雅化的倾向；不同处是不刻意求精，继承了前期散曲作家的质朴和大胆，雅俗并用，出奇制胜，是他的创作特点。例如描写景物的［水仙子］《重观瀑布》：

天机织罢月梭闲，石壁高垂雪练寒，冰丝带雨悬霄汉。

第五章　中国诗歌的第三个高峰
——元代散曲

几千年晒未干，露华凉，人怯衣单。似白虹饮涧，玉龙下山，晴雪飞滩。

描写瀑布，确是遣词清异，意境壮丽，通过种种瑰奇美妙的想象，把瀑布景色形容得淋漓尽致。又如［满庭芳］《渔父词》：

秋江暮景，胭脂林障，翡翠山屏。几年罢却青云兴，直泛沧溟。卧御榻弯的腿疼，坐羊皮惯得身轻。风初定，丝纶慢整，牵动一潭星。

简单几笔就勾画出一幅色彩鲜明的自然境界。其中，只有"卧御榻弯的腿疼"一句，就活生生地表达了秋江垂钓者的襟怀。"丝纶慢整，牵动一潭星"，把渔夫形象和自然景物融合为一，生动活泼，有其独到之处。

风吹丝雨噀窗纱，苔和酥泥葬落花，卷云钩月帘初挂。玉钗香径滑，燕藏春衔向谁家？

——［水仙子］《失题》

冬前冬后几村庄，溪北溪南两履霜，树头树底孤山上。

冷风来何处香？忽相逢缟袂绡裳。酒醒寒惊梦，笛凄春断肠，淡月昏黄。

——［水仙子］《寻梅》

这几首是乔曲雅俗之例。前者华美出奇，后者清丽制胜。明人李开先评乔曲说："种种生奇而不失之怪……句句用俗而不失为文。"（《乔梦符小令序》）王骥德把乔曲比作李贺的诗（见《曲律》）。从上述诸例中可以看出："冰丝带雨悬霄汉，几千年未晒干""风吹丝雨噀窗纱，苔和酥泥葬落花""酒醒寒惊梦，笛凄春断肠"，这些都似有李贺的奇思妙想。

乔吉一生潦倒，流浪江湖，寄情诗酒，自称"江湖醉仙"或"江湖状元"，因此散曲多啸傲山水、闲适颓放和青楼调笑之作。例如他的［山坡羊］《寓兴》：

鹏搏九万，腰缠十万，扬州鹤背骑来惯。事间关，景阑珊，黄金不富英雄汉，一片世情天地间。白，也是眼；青，也是眼。

这首曲反映了封建社会的世态炎凉、人情冷暖，最后两句生动地刻画了势利眼人的形象。

华阳巾鹤氅蹁跹,铁笛吹云,竹杖撑天。伴柳怪花妖,麟祥凤瑞,酒圣诗禅。不应举江湖状元,不思凡风月神仙。断简残编,翰墨云烟,香满山川。

——[折桂令]《自述》

从这篇自述里,可以看出乔吉风流放荡的个性。

第六章　唐风宋韵长久不衰

一、宋诗漫卷耀眼明

自唐以后,诗坛上一方面词、曲兴起,取得了辉煌的成就,形成了两种新的诗体创作的高潮;另一方面自唐发展起来的声律近体诗,包括唐古体诗,也没有衰败,历朝历代优秀诗人优秀诗作不断涌现。特别是宋代,不仅作诗的人不减唐代,清康熙时编的《四朝诗》,宋诗共七十八卷,凡八百八十二家,《宋诗纪事》搜罗宋诗人至三千五百余家,而且就宋诗的内容和风格来看,进一步拓宽了唐诗的题材,出现了许多前所未有的爱国诗人和诗篇,风格也和唐诗存在明显的不同,唐诗以含蓄和意兴见长,宋诗以撼思说理和深沉见长,形成了与唐音不同的宋调。

在宋初诗坛,首先出现了以反对注重词藻华丽而内容空

第六章 唐风宋韵长久不衰

虚、继承晚唐和五代的浮靡文风的"西昆体",提倡恢复唐诗风骨的一派诗人,他们有柳开、穆修、王禹偁、梅尧臣、苏舜钦、欧阳修等人,其中梅尧臣、苏舜钦成就较大,王禹偁、欧阳修也有佳作。

王禹偁,世称王黄州。他的诗多效仿杜甫和白居易,对劳动人民表示关切和同情,艺术风格平易简丽,饶有风韵。如《村行》:

马穿山径菊初黄,信马悠悠野兴长。万壑有声含晚籁,数峰无语立斜阳。棠梨落叶胭脂色,荞麦花开白雪香。何事吟余忽惆怅,村桥原树似吾乡。

鼓声猎猎酒醺醺,斫上高山入乱云。自种自收还自足,不知尧舜是吾君。

——《畲田词》

这二首诗都以清丽朴实的笔调,唱出了自己的感触和心声。前诗对偶工稳,写出了山村黄昏时动人的情景和诗人的情怀;后诗赞美了山地百姓的劳动生活,富有生活情趣。这是两首难得的好诗。

王禹偁写作勤奋，一生行止和经历大都有记载，所存诗文很多，林逋曾称赞他："纵横吾宋是黄州"（《读王黄州集》）。他的确是宋初较有成就的作家。

梅尧臣，世称宛陵先生，他在仕途上不得志，却在诗坛上享有盛名。他极力反对"西昆体"，发起了宋初诗歌的革新运动，主张诗歌必须写实，要有兴寄（"因事有所激，因物兴以通"），创作的目的是为了"刺"与"美"（《答韩三子华、韩五持国、韩六玉汝见赠述诗》）。因此，他的诗在内容上多反映现实生活，如《汝坟贫女》《田家语》《陶者》《故原战》等等，或揭露统治阶级的剥削和压迫，或谴责统治者对抵抗外敌的无能，或勉励做官实施仁政，表现了对百姓的同情和对国家的关心，具有一定的进步意义。在艺术上注意作品的形象性，善用比、兴手法，风格平淡质朴。如《东溪》一诗就代表了他的这种艺术追求：

行到东溪看水时，坐临孤屿发船迟。野凫眠岸有闲意，老树着花无丑枝。短短蒲茸齐似剪，平平沙石净于筛。情虽不厌住不得，薄暮归来车马疲。

这首诗风格平淡，含意深远。诗中用平常的题材和平淡的语言写出了真实的生活图画，表达了作者"爱闲"的情趣。其中三、四句形象鲜明生动，景、情、意融为一体，为传世佳句。又如他的《鲁山山行》：

适与野情惬，千山高复低。好峰随处致，幽径行独迷。霜落熊升树，林空鹿饮溪。人家在何许？云外一声鸡。

这是梅尧臣的山水诗代表作。全诗格调清新，意境幽深，于平淡中一唱三叹，状物写景观察独到，功力不凡。诗中以出游之喜为端，峰回路转为一折，行独迷又一折，遇熊见鹿又一折，云外鸡鸣再一折。一波三折，引人入胜，活脱脱绘出了一幅野趣天然图。

宋诗的工巧和散文化、议论化的特点，在梅尧臣的诗中已露出了端倪。

苏舜钦，与梅尧臣齐名。《宋史》本传说他"少慷慨，有大志"。他一生不得志，因纵论时政遭打击，长期放废，闲居于苏州一带，过着寄情山水的生活。但即便如此，他也没有忘怀社会现实。梅尧臣称赞他是"其人虽憔悴，其志独昂昂"（《读蟠桃诗寄子美、永叔》）。他自己也说："有客论时政，相看各惨然。蛮夷杀郡将，蝗蝻食民田。萧瑟心空远,徘徊志可怜。何人同国耻,余愤落樽前。"(《有客》)的确,在苏舜钦的诗中,杀敌报国,济世安民的志向成了最重要的主题,愤懑不平的感情成了作品的基调,就是一些写景诗也染上了这种感情色彩。如"老松偃蹇若傲世,飞泉喷薄如避人"(《越州云门寺》),既写出了松与泉的神态,也表现了作者愤世嫉俗的心理。又如下面二首:

春阴垂野草青青,时有幽花一树明。晚泊孤舟古祠下,满川风雨看潮生。

——《淮中晚泊犊头》

别院深深夏席清,石榴开遍透帘明。树阴满地日当午,梦觉流莺时一声。

——《夏意》

这些诗都写出了富有诗意的画面,但又明显地渗透着诗人的孤寂之感。他喜欢歌唱山川风雷的变化,擅长使用一些奇特的想象。但他和梅尧臣一样,诗歌语言往往失之粗糙与生硬,也喜欢在诗中发议论。总体看,其作品笔力雄健,感情奔放,语言朴素畅达,在奠定宋诗的一些特色方面,他们都起了相当的作用。

欧阳修和梅尧臣、苏舜钦都是来往密切的朋友，在诗歌主张上与梅、苏大致相同。他的诗继承了韩愈的风格，平易潇洒，对当时扫除"西昆体"的影响，曾起了积极的作用，但同时其散文化倾向比较严重。这种手法虽说可以较少受格律束缚，便于自由地表达思想感情，但也容易损害诗歌的音韵美。欧阳修在大量的抒怀、写景诗中，能用平淡秀丽的诗句，抒写亲切感受。如他的《戏答元珍》：

春风疑不到天涯，二月山城未见花。残雪压枝犹有桔，冻雷惊笋欲抽芽。夜闻归雁生乡思，病入新年感物华。曾是洛阳花下客，野芳虽晚不须嗟。

这首诗写在贬谪夷陵（今湖北宜昌）时，抒发了诗人被贬后抑郁不欢的感情。全诗写景清新自然，抒情一波三折，不著一"愁"字，而诗人胸中涌动的千愁万绪却跃然纸上。

值得一提的是他的论诗的诗，如《水谷夜行寄子美、圣愈》《读蟠桃诗寄子美》《和刘原父澄心纸》等，对我国诗论的发展有一定的意义。

北宋中期，诗坛出现了两位大家，王安石和苏东坡。他俩既是散文"唐宋八大家"，又是词坛高手，在作诗方面开辟了新的文风，形成了宋诗的基本风格特点。

王安石是我国北宋时期著名的改革家，同时也是卓越的文学家和诗人。他把文学创作和政治活动密切联系起来，反对宋初"西昆派"诗人"以其文词染当世"的浮靡诗风，写了大量的为其政治理想服务的政治诗（主要是前期）；后来退休江宁，又写了许多精工巧丽的写景诗。他的诗不仅具有充实的政治内容，而且艺术造诣很高，具有独特的风格，为后世人所赞誉。如《感事》《兼并》《省兵》等篇，就是从政治、经济、军事等各方面来描写议论宋代国势减弱或内政腐败的，《河北民》《发廪》《收盐》等篇，表现了诗人关心人民疾苦，主张改革弊政的进步思想。而《商鞅》《贾生》《杜甫画象》等咏史诗，则通过对历史人物的评价，表达了他的政治见解和批判精神。而他的《明妃曲》，更是一首描写细致、立意新鲜、感情真挚、凄恻动人的咏史诗：

明妃初出汉宫时，泪湿春风鬓脚垂，低回顾影无颜色，尚得君王不自持。归来却怪丹青手，入眼平生几曾有；意态由来画不成，当时枉杀毛延寿。一去心知更不归，可怜着尽汉宫衣，寄声欲问塞南事，只有年年鸿雁飞。家人万里传消息，好在毡城莫相忆；君不见咫尺长门闭阿娇，人生失意无南北。

第六章 唐风宋韵长久不衰

这首诗一扫历代诗人写王昭君留恋君恩,怨而不怒的传统见解,有极大的独创性。诗人不但突出地表现了王昭君的不幸,也讽刺了皇帝的昏庸,而且托古喻今,唱出了诗人在政治上的失意:"君不见咫尺长门闭阿娇,人生失意无南北。"

王安石的罢相,带来了创作上的显著变化,就是以大量的写景诗代替政治诗。其中,有些名篇很成功地表现了大自然的美,艺术上也与重于说理的政治诗大不相同,更多地注意对诗歌的艺术锤炼,名作很多,如:

江北秋阴一半开,晓云含雨却低徊。青山缭绕疑无路,忽见千帆隐映来。

——《江上》

这首诗以短短的四句,描绘出一幅美丽的江北秋色图。

京口瓜洲一水间,钟山只隔数重山。春风又绿江南岸,明月何时照我还。

——《泊船瓜洲》

这是作者路过瓜洲怀念金陵作出的诗。全诗境界优美,韵调悠扬,是历来传诵的即景抒情名篇。特别是诗的第三句中的"绿"字,把春风的作用活画了出来。据说当初曾用"到",又改为"过",再改为"入""满",都不合意。这说明作者在写景诗中是非常注意炼字的。

　　茅檐长扫静无苔,花木成畦手自栽。一水护田将绿绕,两山排闼送青来。

——《书湖阴先生壁》

湖阴先生是作者在南京时的邻居。此诗主要是写山中人家的初夏景色。语言质朴清新,景物鲜明、形象,写得十分巧丽。特别是最后一句,诗人用拟人化的手法,把山色入室描绘得生动活泼,表现了高度的艺术技巧,成为流传下来的写景名句。

　　爆竹声中一岁除,春风送暖入屠苏。千门万户曈曈日,总把新桃换旧符。

——《元日》

这是写农历春节的诗。诗中把新春的欢乐热闹、万户更新的气象表现出来,音韵流畅、自然。

第六章 唐风宋韵长久不衰

从以上这几首小诗中，我们就可以看出，王安石的写景绝句精工巧丽，意境清新，修辞巧妙，有很高的艺术造诣，所以一直为人们所喜爱。

苏轼是宋代豪放派的词祖，为宋代诗歌开辟了新的作风。平时提到的宋诗诸多特点，其实都是指以他和黄庭坚为代表的风格特色。他是宋代诗坛上一位无可争辩的大作家，他的诗今存四千多首，与词和散文相较，诗的内容更为丰富。其诗作流畅自然，挥洒自如，不受格律的束缚，有着比较明显的浪漫主义色彩，用他的话来说就是如"行云流水""文理自然，姿态横生"；又如"万斛泉涌，不择地而出，在平地滔滔汩汩，虽一日千里无难。"

苏轼的这种风格，在他大量地抒发个人情怀和歌咏自然景物的作品里已充分体现。如：

人生到处知何似？应似飞鸿踏雪泥：泥上偶然留指爪，鸿飞那复计东西！老僧已死成新塔，坏壁无由见旧题。往日崎岖还记否？路长人困蹇驴嘶。

——《和子由渑池怀旧》

苏轼的一生是在政治上屡遭挫折的一生，因此，惆怅落寞和狂放旷达是苏轼同时存在的精神状态。在这首诗里，作者把人生比作"雪泥鸿爪"，正说明了他的那种精神状态。

东风未肯入东门，走马还寻去岁村。人似秋鸿来有信，事如春梦了无痕。江城白酒三杯酽，野老苍颜一笑温。已约年年为此会，故人不用赋招魂。

——《正月二十日与潘郭二生出郊寻春，忽记去年是日同侄女王城作诗，乃和前韵》

这首诗是他贬居黄州时所作。诗人在重游旧地时，发觉"人似秋鸿来有信，事如春梦了无痕"这个惹人的烦恼，只好在友情的温暖中轻轻排开。这正像《和子由渑池怀旧》中所说的"雪泥鸿爪"一样，生活在封建社会中的苏轼，不可能找到人生的正确答案。他在许多寄赠苏辙的诗篇中，诉说着"从宦无功"的苦闷，也无怪他在《自金山放船至焦山》中，直抒"行当投劾谢簪组，为我佳处留茅庵"的归隐之叹了。

但是，苏轼并没有实践他的归隐心愿，仍然不断地四方迁移，并把每一个居住过的地方都当作自己的故乡："自意本杭人""我本儋耳民""海南万里真吾乡"。他曾在一首小诗中写道：

第六章　唐风宋韵长久不衰

　　罗浮山下四时春，卢橘杨梅次第新。日啖荔枝三百颗，不辞长作岭南人。

——《食荔枝二首》其二

诗人用轻松、幽默的笔调，表现了对第二故乡的深沉感情和傲岸不驯的个性，并不轻易地向失意的人生屈服。他常常把自己的人生兴趣放在欣赏自然景物上，其写景咏物诗大都笔意爽健，格调流畅，绝少消极情绪，能够激发人们对于生活的热爱，满足人们的审美要求。如：

　　东风知我欲山行，吹断檐间积雨声。岭上晴云披絮帽，树头初日挂铜钲。野桃含笑竹篱短，溪柳自摇沙水清。西崦人家应最乐，煮芹烧笋饷春耕。

——《新城道中》二首其一

雨后初晴，诗人走在山路上，云如絮帽，日如铜钲，野桃含笑，溪柳自摇，芹笋清香，山林充满了欢乐和生气。

　　黑云翻墨未遮山，白雨跳珠乱入船。卷地风来忽吹散，望湖楼下水如天。

——《六月廿七日望湖楼醉书》其一

水光潋滟晴方好,山色空濛雨亦奇。欲把西湖比西子,淡妆浓抹总相宜。

——《饮湖上初晴后雨》其一

这两首都是写西湖风景的,向来被认为是描写西湖景色的绝唱。前者写由雨变晴;后者写由晴变雨。捕捉一一时所见,真是轻笔成画,妙趣横生。又如:

竹外桃花三两枝,春江水暖鸭先知,蒌蒿满地芦芽短,正是河豚欲上时。

——《惠崇春江晚景》其一

荷尽已无擎雨盖,菊残犹有傲霜枝。一年好景君须记,正是橙黄橘绿时。

——《赠刘景文》

一写冬去春来,一写冬秋之交,都十分贴切地抓住自然景物因季节转换而出现的新的特征,给人们以生意盎然的情趣。

第六章 唐风宋韵长久不衰

东风渺渺泛崇光,香雾空濛日转廊。只恐夜深花睡去,故烧高烛照红妆。

——《海棠》

这是一首咏物诗。此类诗大都倾注了诗人的生活情趣,有的还揭示了一种生活的哲理。如:

横看成岭侧成峰,远近高低各不同。不识庐山真面目,只缘身在此山中。

——《题西林壁》

若言琴上有琴声,放在匣中何不鸣?若言声在指头上,何不于君指上听?

——《琴诗》

诗中说出了一般人心会而不易说出的东西。这种哲理诗虽然吸收了禅偈的机锋,但和那些枯燥无味的"禅诗"是有区别的。

从上面所引诸诗可以看出,苏轼的诗,才情奔放,能收能放,流畅自然。他的艺术风格,有时自由奔放,有时轻灵流丽、婉转含蓄。他的七古长篇一泻千里,文理自然;他的短篇工巧灵动,不落平板。这种多变风格的特点,是他艺术上成熟的一种标志。

苏轼稍后的诗坛上出现了"江西诗派",它的领袖人物是"苏门四学士"之一的黄庭坚和仅次于黄的苏门文人陈师道。

黄庭坚与苏轼齐名,被称为苏黄。他在诗歌上的主张,主要是提倡多读书,提倡学韩、杜,提倡"点铁成金","无一字无来处",提倡创制拗律,等等。其创作实践也贯彻了他的主张,离开作品的思想内容,追求新奇,讲究技巧,"搜猎奇书,穿穴异闻"。他是一个刻意在诗的技巧上用功夫的人,着重诗意的锻炼,讲求篇章字句的组织和变化,同时又喜欢运用经史杂书上的各种典故辞句,句法散文化。他精心地研究唐诗的组织技巧,特别是杜甫的诗,而且将用字炼句、对仗用韵等各种方法都归纳起来,再专力在这些技巧上去求新奇巧变。因此,他的诗就显得格外整炼和精细。如《登快阁》:

痴儿了却公家事,快阁东西倚晚晴。落木千山天远大,澄江一道月分明。朱弦已为佳人绝,青眼聊因美酒横。万里归船弄长笛,此心吾与白鸥盟!

此诗作于元丰五年(公元一〇八二年),当时作者为太和县知县,每当办完公事,作者常到快阁去游玩。全诗用字精致

第六章 唐风宋韵长久不衰

干净,简单几笔就勾画出一幅高爽的秋景,通篇组织严密,音调和谐。但是,确实也有追求字句新奇的毛病,特别是"朱弦"一典,略显生硬,使人难解。

当然,作为一个诗派开创的艺术大匠,黄庭坚的诗并不都是生硬的。当他受到真情的感染激发时,依然能写出一些清新流畅的好诗来。如《雨中登岳阳楼望君山》就是这样的好诗:

投荒万死鬓毛斑,生入瞿塘滟滪关;未到江南先一笑,岳阳楼上对君山。

前人论诗,每以苏、黄并称。苏诗气象阔大,如长江大河,风起涛涌,自成奇观。黄诗布局森严,如危峰千尺,拔地而起,使人望而生畏,在艺术上拓展了不同的领域。他们的诗代表了宋诗的风格特点,但苏诗要比黄诗更有创造性;黄诗在当时比苏诗更有影响力,更能体现出宋诗的一般特色,如沉曲精细,以文为诗,以议论为诗,注重描摹刻画的委曲详尽,常常歌咏一些小事,如咏茶、咏纸等。自黄庭坚之后,一般诗人就趋向于在字面的技巧上用功夫,形成了"江西诗派"。其主要人物有陈师道、徐俯、洪炎、江端友、韩驹、吕本中等二十多人,几乎一统北宋末年南宋初年的整个诗坛。

正当"江西诗派"充斥诗坛之时,金人南侵的鼙鼓声震撼了所有诗人。从此,反映抵抗侵略的爱国主义精神,就成了整个诗坛的主调。像南渡初期的曾几、陈与义以及萧德藻、王质、陈造、章甫等人,南宋后期的文天祥、汪元量、谢枋得、谢翱、郑思肖、萧立之、林景熙等人,面对民族压迫,正气浩然,激昂悲恨,都写了一些爱国诗篇。特别是伟大的爱国主义诗人陆游,以充沛的精力,磅礴的气势,唱出了那个时代人民抗敌的心声,反映了那个时代不屈不挠的民族精神,代表了宋诗的最高成就。陆游的诗与辛弃疾的词一样,在中国诗史上放射着不容置疑的光彩,是我们民族的骄傲。

陆游现存约九千三百多首作品,是古代诗史上创作颇丰的一位诗人。他为了纪念九年的川陕生活,把自己全部诗作题名为《剑南诗稿》。在他诗歌创作中,始终贯穿一个鲜明的特色——爱国主义精神。这个特色在他中年入蜀以后,表现得尤其强烈,直到他龙钟之岁,仍然发出"一闻战鼓意气生,犹能为国平燕赵"(《老马行》)的激昂斗志。正是这种永不衰竭的爱国热情,使陆游唱出了那一时代最高亢的歌声。他所写的许多感情激昂、气概宏伟的诗篇,像洪钟一般震荡着人心。如他在《金错刀行》中说:"黄金错刀白玉装,夜穿窗扉出光芒。丈夫五十功未立,提刀独立顾八荒……呜

第六章　唐风宋韵长久不衰

呼！楚虽三户能亡秦，岂有堂堂中国空无人！"又如他在《书愤》中写道："早岁哪知世事艰，中原北望气如山。楼船夜雪瓜洲渡，铁马秋风大散关。"又如他在《夜泊水村》中说："一身报国有万死，双鬓向人无再青。记取江湖泊船处，卧闻新雁落寒汀。"在这些诗句中，充分表达了作者的爱国激情。由于诗人的"一片丹心"始终报国无门，使他长期感到压抑和悲愤，这使他的作品变得愈加激扬飞越。因此他创作的爱国诗篇中，总是在激昂的声调中又呜咽着悲怆的音符，而这正是陆游诗歌中所独有的特点。如：

人言悲秋难为情，我喜枕上闻秋声。快鹰下鞲爪觜健，壮士抚剑精神生。我亦奋迅起衰病，唾手便有擒胡兴。弦开雁落诗亦成，笔力未饶弓力劲。五原草枯苜蓿空，青海萧萧风卷蓬。草罢捷书重上马，却从銮驾下辽东。

——《秋声》

当诗人感到报国无门时，便在《书志》一诗中表示自己死后要把肝心凝结成金铁，铸为利剑，去为国雪耻。在《书愤》一诗中，他又表示死后要变成厉鬼，来为国雪恨，痛击侵略者：

白发萧萧卧泽中,只凭天地鉴孤忠。阨穷苏武餐毡久,忧愤张巡嚼齿空。细雨春芜上林苑,颓垣夜月洛阳宫。壮心未与年俱老,死去犹能作鬼雄。

——《书愤》

南宋诗坛,除了爱国主调以外,在十二世纪二十年代到十三世纪初年,出现了以写田园山水诗闻名的两位诗人,杨万里和范成大。他们先后都写过不少忧国忧民的诗作,但更能代表他们特色的是他们晚年弃官归隐以后创作的那些表现劳动人民生活和崇尚自然的田园山水诗,为南宋诗坛增添了异彩,在中国诗史上留下了重要的一笔。其中,杨万里主要以山水诗而闻名,范成大以田园诗而闻名。

范成大,字致能,号石湖居士,曾任吏部员外郎,参知政事,奉命出使金国,不辱使命,保持了民族尊严,并在旅途中写下了七十二首富有爱国思想的绝句。晚年归隐石湖,写成了他的代表作《四时田园杂兴》六十首。这组诗被称作我国"田园诗"的典范。

我国的"田园诗"的传统从陶渊明开始,其后屡有人作,如唐代的王维和储光羲以至宋代的欧阳修和梅尧臣等,但他们的"田园诗"多是描写安闲自适的个人生活及农村景色,有的连陶诗中的歌唱劳动的内容都没有了;而如柳宗元、元稹、张籍和聂夷中等人虽在《田家》这类题目下对封建制度进行了揭露,但他们忽略了农村自然景色,在传统的习惯上,不属于"田园诗"的系统。范成大的《四时田园杂兴》则把这两个内容结合在一起,给"田园诗"以更丰富更深刻的思想内容,赋予它新的生命。这一组诗的主要内容是描绘农村优美的景色、歌颂劳动和农民的质朴以及揭露封建剥削制度。如:

土膏欲动雨频催,万草千花一饷开。舍后荒畦犹绿秀,邻家鞭笋过墙来。

——《春日》

梅子金黄杏子肥,麦花雪白菜花稀。日长篱落无人过,唯有蜻蜓蛱蝶飞。

——《晚春》

采菱辛苦废犁锄,血指流丹鬼质枯。无力买田聊种水,近来湖面亦收租。

——《夏日》

昼出耘田夜绩麻,村庄儿女各当家。童孙未解供耕织,也傍桑阴学种瓜。

——《夏日》

新筑场泥镜面平,家家打谷趁霜晴。笑歌声里轻雷动,一夜连枷响到明。

——《秋日》

租船满载候开仓,粒粒如珠似白霜。不惜两钟输一斛,尚赢糠麸饱儿郎。

黄纸蠲租白纸催,皂衣旁午下乡来。长官头脑冬烘甚,乞汝青铜买酒回。

——《冬日》

杨万里,字廷秀,号诚斋,历任太常博士、宝漠阁直学士等职,曾因上疏指摘朝政而引起权相韩侂胄反感,罢官归乡十五年,以忧愤国事而卒。他的诗初学"江西诗派",晚年认识到其弊病而另辟蹊径,师法自然,描绘山水,留下了大量的山水诗。他的山水诗,善于捕捉自然景物的特征和动态,并用拟人的手法加以突出,使之生动而饶有风趣。比如《小池》:

泉眼无声惜细流,树阴照水爱晴柔。小荷才露尖尖角,早有蜻蜓立上头。

第六章 唐风宋韵长久不衰

作者捕捉泉眼无声,树阴照水,荷尖蜻蜓等自然景物的特征,用泉眼惜流的拟人化手法和蜻蜓立荷尖的动态,把小池的景物写得别致清新。又如《过宝应县新开湖》:

天上云烟压水来,湖中波浪打云回。中间不是平林树,水色天容拆不开。

作者用拟人化的手法写云烟"压"水,波浪"打"云,若不是中间有一道平林树,真分不出水色天容。再如:

柳子祠前春已残,新晴特地却春寒。疏篱不与花为护,只为蛛丝作网竿。

——《过百家渡》

田塍莫道细于椽,便是桑园与菜园。岭脚置锥留结屋,尽驱柿栗上山巅。

——《桑茶坑道中》

前首诗中作者路过湖南永州柳宗元祠堂时所写。诗中以"疏篱不与花为护,只为蛛丝作网竿"的奇特想象,写出了祠堂暮春荒凉的景象。后首诗是作者看到一处山景,岭脚结屋,岭上植树,这本来是平常的景物,但他却说为了岭下盖草屋而把柿栗树都驱赶到岭上去了,想象新颖、风趣。

总之,杨万里是一个具有独特风格的杰出诗人。他吸收民歌的白描手法,以当时的书写语言为基础,适量汲取民间口语、俚语和歌谣中的语言,锻炼出一种新鲜活泼、雅俗共赏的语言,被称为"杨诚斋体"。

二、唐风盖百代,时闻新歌声

中国古典声律诗体(包括律体和绝句)以及五古、七古、歌行体,自唐代高度成熟、完备,并出现创作高潮之后,一直作为我国的正统诗体形式延续下来,百代使用,至今不废,并不断涌现出许多具有时代特点和新颖风格的诗篇、诗人。真是"唐风盖百代,时闻新歌声"。

在元代,虽然由于蒙古贵族推行民族歧视政策,不重视汉族文化,压迫汉族知识分子,但由于几千年来形成的以汉族为主体的民族传统文化的影响,特别是唐代诗歌的影响,在短短的九十余年中,仍然产生了许多优秀诗章和独具风格的优秀诗人。如元初刘因拒做元官,归乡静修,心情沉痛,采取借物咏怀的方式,写出了许多隐晦曲折但感情真挚的忧

第六章 唐风宋韵长久不衰

国之诗。他在《观梅有感》中写道:"东风吹落战尘沙,梦想西湖处士家。只恐江南春意减,此心原不为梅花。"又如宋室遗士赵孟頫,宋亡后虽被推荐入朝,官至翰林学士承旨,但心情很矛盾,常常写诗表达自己的自谴之意和黍离之悲。他在《罪出》一诗中说:"昔为水上鸥,今为笼中鸟。哀鸣谁复顾,毛羽日摧槁。"诗中忏悔、抑郁之感很浓。又如他在《岳鄂王墓》一诗中通过怀念岳飞来表达黍离之悲:"鄂王坟上草离离,秋日荒凉石兽危。南渡君臣轻社稷,中原父老望旌旗。英雄已死嗟何及,天下中分遂不支。莫向西湖歌此曲,水光山色不胜悲!"

　　元蒙统治者在征服汉族和其他少数民族的过程中,实行军事恐怖政策,烧杀掠抢,无所不为。有些诗人以正义之笔,揭露和谴责了这种残酷的暴行。如杨宏道的《空村谣》写道:"凄风羊角转,旷野埃尘腥。膏血夜为火,望际光清荧。颓垣府积灰,破屋仰见星。蓬蒿塞前路,瓦砾堆中庭。杀戮余稚老,疲羸行欲倾。"刻画了当时农村惨遭破坏的情景。即使是蒙古族作家萨都剌,看到战争的残酷,也表示了对和平的向往。他在《过居庸关》一诗中这样写道:"上天胡不呼六丁,驱之海外消甲兵。男耕女织天下平,千古万古无战争。"元末大作家王冕,则更是通过自己的诗作,揭露社会黑暗,谴责统治阶级给人民带来的痛苦。如《南风热》《江南妇》《伤停户》《陌上桑》《悲苦行》《秋夜雨》《古时叹》《盘车图》《冀州道中》，等等，都是这样的作品。他在《冀州道中》这样写道："切问老何族，云是奕世儒。自从大朝来，所习亮匪初。民人籍征戍，恶为弓矢徒。纵有好儿孙，无异犬与猪。至今成老翁，不识一字书。"他在《悲苦行》中，揭露了人民的苦难之后，希望出来一个壮士解除人民的痛苦："我感此情重叹吁，不觉泪下沾裳裾。安得壮士挽天河，一洗烦郁清九区。坐令尔辈皆安居。"他在《墨梅》中表示了不愿与统治者同流合污的志向："我家洗砚池头树，个个开花淡墨痕。不要人夸好颜色，只留清气满乾坤。"王冕的诗，语言质朴，流畅自然，善用比兴，是元代独具风格特点的诗人。

在明代，社会多半时间处于表面升平的状况，诗坛歌功颂德的空气较浓，形式主义比较严重，曾出现过以歌功颂德、粉饰太平而得名的三杨（杨寓、杨荣、杨溥，都是位居宰相的"台阁重臣"）的典雅形的"台阁体"和前后七子的复古运动。但是，明初"吴中四杰"高启、杨基的诗，爱国名将于谦的诗，以袁氏三兄弟为代表人物的"公安派"的诗，明末"复社"陈子龙、夏完淳等人反映社会动乱的诗，还是各具特色的。

高启的诗，众长兼备，才气豪健而不剑拔弩张，辞句秀

第六章 唐风宋韵长久不衰

逸而不雕字琢句。如他的《田家行》："草茫茫，水泪泪；上田芜，下田没。中田有禾穗不长，狼籍只供凫雁粮。雨中摘归半生湿，新妇舂炊儿夜泣。"诗中叙述了水灾后人民的困苦生活。而最能发挥他那豪宏凌厉、奔放驰骋特色的还是他写的那些歌行体诗。如《登金陵雨花台望大江》，就以沉雄、悲壮的笔调描绘了祖国山河的壮丽，抒发了自己激动的心怀："大江来从万山中，山势尽与江流东。钟山如龙独西上，欲被巨浪乘长风。……"其他如《青丘子歌》《清明呈馆中诸公》等等，也是这样的作品。

杨基的诗虽不如高启的气派大，但写景咏物之作也很有特色。如他的《天平山中》就是一首写景佳作："细雨茸茸湿楝花，南风树树熟枇杷；徐行不记山深浅，一路莺啼送到家。"写景如画，同时表现了诗人悠闲的心情。

于谦是明代著名的爱国将领，常常用诗歌抒发自己的不平之气。他的诗基本上可分两类：一类是关心人民痛苦，反对侵略战争，揭露残酷剥削等忧国忧民的诗篇，如《出塞》《闻甘州等处捷报有喜》《悯农》《村舍耕夫》《荒村》等；另一类是表现自己坚定意志和坚定节操的作品，最有名的是那首为人传诵的《石灰吟》："千锤万击出深山，烈火焚烧若等闲。粉身碎骨全不惜，要留清白在人间。"

万历年间以袁氏三兄弟（袁宗道、袁宏道、袁中道）为代表的"公安派"（因为他们都是湖北公安人而得名）受当时杰出的思想家李贽的影响，提出了和"复古派"针锋相对的主张，认为文学是随时代发展的，反对摹拟古人，主张"独抒性灵，不拘格套""出性灵者为真诗"，要求文学充分表现作者的个性。不过，他们的"性灵"说，是文学唯心观点，使作家的写作题材越来越狭小。他们的诗，比较好的是那些反对做官、描写山水的作品。

到了明末三十年，社会变动异常激烈，诗坛上也随之出现了一些较有生气的作品。如东林党人组织的"复社"主将陈子龙，就写过许多表现民族气节的抗清诗，韵调苍凉，铿锵有力。如《辽事杂诗八首》《都下杂感四首》《晚秋杂兴八首》《秋日杂感十首》等，都是长歌当哭之作。《辽事杂诗》第三首，最能见出他的艺术风格："二月辽阳大出师，无边云鸟尽东驰。鸟鸢暗集三军幕，风雨惊传两将旗。长白峰高尘漠漠，浑河水落草离离。国殇毅魄今何在？十载招魂竟不知。"陈子龙的学生夏完淳，也是这时期有名的诗人，其父和陈子龙创立"几社"，夏完淳十四岁就跟随他们参加抗清活动，后被清兵所捕，十六岁就义于南京。他短暂的一生，表现了不凡的气概，写了许多动人的诗篇，风格以悲壮和积

第六章　唐风宋韵长久不衰

极昂扬为主调。如他的《鱼服》写军营生活："投笔新从定远侯，登坛誓饮月氏头。莲花剑淬胡霜重，柳叶衣轻汉月秋。励志鸡鸣思击楫，惊心鱼服愧同舟。一身湖海茫茫恨，缟素秦庭矢报仇。"诗以积极昂扬的笔调，挥洒出他投笔从戎、励志报国的情操。其他如《大哀赋》指责统治者的腐朽；《六哀》《六君咏》等诗，歌颂抗清爱国烈士，凄楚激昂，表现了强烈的爱国精神。

　　清王朝是中国最后一个封建王朝，阶级斗争和民族斗争非常激烈，反映现实生活的诗歌创作也比较活跃，出现了多种诗派和许多有特色的诗人，成就超过了明代。如清初钱谦益的《后秋兴十三首》之二："海角崖山一线斜，从今也不属中华。更无鱼腹捐躯地，况有龙涎泛海槎。望断关河非汉帜，吹残日月是胡笳。嫦娥老大无归处，独倚银轮哭桂花。"直率地表达了作者对清王朝的仇恨和对故国的思念之情，风格接近晚唐和宋诗。又如吴伟业的《过吴江有感》："落日松陵道，堤长欲抱城。塔盘湖势动，桥引月痕生。市静人逃赋，江宽客避兵。廿年交旧散，把酒叹浮名。"这首诗从字面上看，相当静穆。然而深思一下，心情却不能平静。吴江本是江南繁华市镇，人民生活却如地狱一般，以凄凉、含蓄之笔表达出统治者与人民之间的深刻矛盾，艺术造诣较高。

顾炎武，是当时学术上的名士，明末参加过反清组织"复社"，清兵入关后奔走南北，进行反清活动。他的诗洋溢着为恢复汉族的统治权而战斗的热情。他在《精卫》一诗中说："我愿平东海，身沉心不改！大海无平期，我心无绝时。"充分表现了他的民族气节。

屈大均，也是当时一位积极参加抗清斗争，具有民族气节的诗人。他的《壬戌清明作》一诗，显示了对故国的怀念："朝作轻云暮作阴，愁中不觉已春深。落花有泪因风雨，啼鸟无情自古今。故国江山徒梦寐，中华人物又消沉。龙蛇四海归无所，寒食年年怆客心。"

王士禛是继钱谦益、吴伟业之后的文坛领袖，是清朝的刑部尚书。他的诗歌多颂太平景象，很少反映人民生活。但他的诗在艺术上追求"神韵"，意境深远，语言含蓄，风致清新，明丽工稳，音节自然流利，艺术造诣很高。如他的《江山》一诗："吴头楚尾路如何，烟雨秋深暗白波。晚趁寒潮渡江去，满林黄叶雁声多。"

从清仁宗嘉庆元年（公元一七九六年）到清宣宗道光二十二年（公元一八四〇年）鸦片战争发生，是中国封建社会日薄西山的阶段。这一时期的诗歌反映出这个时代的社会矛盾,成就较大者有舒位和龚自珍。尤其是龚自珍,是一位在中国封建社会开始重大变化前夕,主张改革现状,抵抗帝国主义侵略的近代资产阶级改良主义启蒙思想家。他的诗饱含着社会内容,抒发感慨,纵横议论,尖锐地揭露了封建社会末期社会政治的黑暗,反映了暴风雨前夕的社会面貌。《己亥杂诗》三百五十首是他的代表作品。在这些作品中,作者通过抒写旅途的所见所闻和自己的感受,深刻地揭露了社会的黑暗,表示了社会非变革不可的立场,抒发了热爱祖国热爱人民的思想感情。其中,最为人称道的是:"九州生气恃风雷,万马齐喑究可哀,我劝天公重抖擞,不拘一格降人才。"形象地表达了诗人的坚强信念:只有激荡天地的风雷,才能摧枯拉朽,改变不合理的制度。龚自珍的诗,最大的特点是政治思想和艺术概括的统一。他是以政论作诗的,但又不以议论为诗,使诗概念化,而只是以诗"箸议",即把现实政治的普遍现象提到社会、历史的高度,指出问题,抒发感慨,表达态度和愿望。他常常依靠丰富奇异的想象,构成生动有力的画面,艺术感染力极强。他的诗富有浪漫主义色彩,语言清奇,不拘一格。他把自唐以来发展起来的各种古典传统形式,如五、七言古体律诗,绝句等,都用得恰到好处,并表现出旺盛的生命力。

自龚自珍之后，中国社会进入以半殖民地半封建为特点的近代社会和社会主义革命建设时期的现代社会。不论是在近代社会，还是社会主义社会，自唐发展成熟起来的中国古典诗歌形式，仍然活跃于诗坛，其中还出现过几次高潮和著名诗人。如在鸦片战争之后，就出现过诗歌改良运动"诗界革命"，产生过黄遵宪等著名诗人。辛亥革命时期，诗歌成为革命的斗争武器，一些革命领导人和同情革命的作家，如孙中山、黄兴、章太炎、邹容、陈天华、秋瑾以及柳亚子等南社诗人，都用诗歌抒发革命情怀，宣传革命道理，鼓舞革命斗志，产生了许多的爱国诗歌作品，作品风格各有侧重，如秋瑾女士的畅快、明朗、自然的风格；柳亚子的流畅清新、慷慨淋漓的风格；苏曼殊的凄艳、悠扬的风格。进入新民主主义革命和社会主义革命以后，尽管新诗发展浪潮汹涌，但运用旧体作诗仍然是诗坛一大洪流。其中，许多革命领导人，如毛泽东、董必武、叶剑英、陈毅、朱德等，都运用旧诗体形式，写了大量的抒发革命情怀的诗作；许多作家、诗人如鲁迅、茅盾、赵朴初等，都用旧诗体作诗；许多以写新体诗为主的诗人，如郭沫若、臧克家等人，也运用旧体诗作诗。这一切都充分说明，自唐发展起来的古典诗歌，至今仍然具有很大的艺术魅力。

三、词河常流，波滚浪翻

如同唐诗一样，词自宋代高度成熟、完备，并出现创作高潮之后，也作为一种古典诗体形式，一直流传下来，百代不废，并不断产生涌现出众多的词人和脍炙人口的名篇佳作，各种风格流派的词作，如同波滚浪翻，耀人眼目。

金元时代，词的创作顺宋而下，呈现出方兴未艾的势头，虽然艺术上达不到宋词的高度，但写词的人和词作却大量增多。据唐圭璋先生编辑的《全金元词》收录，金元词人达二百八十二家，词作七千二百九十三首。其中，金词七十家，三千五百七十二首；元词二百一十二家，三千七百二十一首。比较有名的词人有吴激、蔡松年、完颜璹、元好问、段克己、段成己、白朴、卢挚、张弘范、赵孟頫、张可久、邵享贞等人。其中，吴激、蔡松年、元好问、白朴、张可久成就较大。

吴激为金初词坛领袖，与蔡松年齐名。他们的词清切婉丽，号称"吴蔡体"。且看吴激的《诉衷情》：

夜寒茅店不成眠，残月照吟鞭。黄花细雨时候，催上渡头船。鸥似雪，水如天，忆当年。到家应是，童稚牵衣，笑我华颠。

这首小词意境恬淡优美,词笔轻灵自然,语短情长,词人久别将归的欢悦之情随处可见。再读蔡松年的《鹧鸪天》:

秀樾横塘十里香,水花晚色静年芳。胭脂雪瘦熏沉水,翡翠盘高走夜光。山黛远,月波长。暮云秋影蘸潇湘。醉魂应逐凌波梦,分付西风此夜凉。

这首词写男女离别相思之情。上阕描写一个为相思所苦的孤独女子,但只写她住处的内外环境,并不描写人,而是以景写人,以景寓情,手法高明;下阕则是以梦写人,以梦寓情,虽也写景,却是梦中之景。全词没有正面写相思,但字里行间却把相思表现得镂心刻骨,摆脱了一般离情别绪的凄凉哀怨情调,以飘逸、清丽之笔,呈现出健朗、明快之风采。

元好问是金代著名的文学家,有《遗山集》四十卷,存词三百七十余首。他的词深于用事,精于炼句,乐章雅丽,情致幽婉,是金代词林高手。如他的《水调歌头》:

空濛玉华晓,潇洒石淙秋。嵩高大有佳处,元在玉溪头。翠壁丹崖千丈,古木寒滕两岸,村落带林丘。今日好风色,可以放吾舟。百年来,算惟有,此翁游。山川邂逅佳客,猿鸟亦相留。父老鸡豚乡社，儿女篮舆竹几。来往亦风流。万事已华发，吾道付沧州。

本篇是元好问中年开始避乱流亡生活，寓居河南登封嵩山时期的一首抒情写景之作。词中描绘嵩山和玉溪的风光景物十分生动形象，给读者以大自然的美感。词的语言简练，色彩鲜明，引人入胜。在结构上，前阕景起，后阕情结，过渡自然，在艺术构思方面也颇有特色，代表了元词的风格。

白朴是元好问的好友白华之子，曾为元好问收养教育，元代杰出的戏曲作家，也是著名的词人，有词集《天籁集》二卷。他的词清隽婉逸，调适均谐。如他的《沁园春》（金陵凤凰台眺望）：

独上遗台，目断清秋，风兮不还，怅吴宫幽径，埋深花草，晋时高冢，销尽衣冠。横吹声沉，骑鲸人去，月满空江雁影寒。登临处，且摩挲石刻，徒倚阑干。

青天半落三山，更白鹭洲横二水间。问谁能心比，秋来水净，渐教身似，岭上云闲。扰扰人生，纷纷世事，就里何常不强颜。重回首，怕浮云蔽日，不见长安。

这是一首登临凭吊之作，以一种苍凉、清旷的笔触，描绘出一幅六朝古都由繁华转为萧条的沧桑图景，同时寓情于景，寄托了词人的人生感慨和哲理观念，给人们以深长的感染和启迪。又如他的《清平乐》（题阙）：

朱颜渐老，白发添多少？桃李春风浑过了，留得桑榆残照。江南地迥无尘，老夫一片闲云。恋杀青山人不去，青山未必留人。

这首词写得平易、朴素，没有费解的冷字僻典，也没有刻意雕琢的警句，词人只是袒露自己对人生世事的苦闷、憧憬和追求。白词属于"闲适词"一类，但决非毫无价值的呻吟，透过作者的伤感笔调，人们感受到了一个时代的悲剧。

明代的词人词作也不少。比较有名的有杨慎、黄娥夫妇，王世贞，施绍章，沈宜修，陈子龙，王夫之，夏完淳。明代没有作词的大家，内容和艺术上均无长足的发展。有明显的艺术特色的，如杨慎夫妇的送别词《临江仙》：

楚塞巴山横渡口，行人莫上江楼。征骖去棹两悠悠。相看临远水，独自上孤舟。却羡多情沙上鸟，双飞双宿宿河洲。

第六章　唐风宋韵长久不衰

今宵明月为谁留？团团清影好，偏照别离愁。

全词纯用白描手法，写得颇为婉曲，极有情致，耐人寻味，具有较强的艺术感染力。又如王世贞的《望江南》之一：

歌起处，斜日半江红。柔绿篙添梅子雨，淡黄衫耐藕丝风。家在五湖东。

这是一幅秀丽多姿、色彩鲜明的江南春暮美妙图景。语言精致、艳丽，词意含蕴光盈。再如王夫之的《玉楼春》（白莲）：

娟娟片月涵秋影，低照银塘光不定。绿云冉冉粉初匀，玉露泠泠香自省。荻花风起秋波冷，独拥檀心窥晓镜。他时欲与问归魂，水碧天空清夜永。

这首咏物词，表面咏莲，实际是自况，虽无一字说个人，但每句都有自己的影子和灵魂在浮动。作者是明末遗民，有学问，有气节，参加过抗清活动，失败后不肯为清朝作官，而深隐石船山不出，著书数百种以终。这首词妙就妙在无一字提及自己而无一字不是指代自己。

　　清代的词，一反明代柔弱的风气，呈现出蓬勃发展的趋向。词人词作大量涌现，格调高亢激越。据《全清词钞》记录，词作者达三千一百九十六家，词作八千二百六十多首。群才涌现，词作云蒸，词派纷起，较为著名的有"云间词派""西泠十子""柳州词派""阳羡词派""浙西词派""吴中七子""常州词派""清末四家"。

　　"云间词派"以"云间"（上海松江县的古称）三子陈子龙、李雯、宋征舆为代表，虽起初形成于明末崇祯年间，但其活动却绵延至于清初顺治朝，而余韵流响于康熙朝六十一年仍未绝，是一个与清词发展关系极大的文学流派。"西泠十子"是陆圻、柴绍炳、张丹、孙治、陈廷会、毛先舒、丁澎、吴百朋、沈谦、虞黄昊十人的合称。他们大都是由明入清的杭州（古称西泠）一带的词人，受陈子龙词风影响较大，实际是"云间词派"在浙江的一个支派。十子中成就较大者是张丹、毛先舒、沈谦和丁澎。"柳州词派"是清初顺治年间的一个词派。主要词人有曹尔堪、袁仁、袁黄、支大伦、支如玉、钱继、钱棅等人，作者达二百余人。其中曹尔堪成就较大。"阳羡词派"是以陈维崧为宗主的文学流派，大约活跃于康熙初二十年间。他们主张词反映社会大事，如杜甫之

第六章 唐风宋韵长久不衰

诗作，反对把词当作吟花弄月的"小道"，是个"敢拈大题目，出大意义"的创作群体。其中，陈维崧成就最大，有词一千七百首，内容丰富，被誉为"五丁开山手"。主体风格是飞扬腾越，悲壮激荡，呈现出一种光怪陆离的神采，受苏轼、辛弃疾影响较大。"浙西词派"是清词流派中绵延时间最长，影响遍及海内外的一个派别，从康熙十八年前后到嘉庆、道光年间大约一百余年。重要作家有朱彝尊、李良年、李符、沈皞日、沈岸登、龚翔麟、厉鹗、陆培、吴焯、陈章、吴锡麒等人。这个词派是一个顺应清朝"盛世"而起的文学派别，主要是宗尚南宋，崇扬醇雅，师法姜（夔）张（炎），标举"清空"风格。"吴中七子"分前后两个"七子"。"前七子"是王鸣盛、吴泰来、钱大昕、赵文哲、曹仁虎、黄文莲、王昶；"后七子"是朱绶、沈传桂、沈彦曾、戈载、吴嘉洤、王嘉禄、陈彬华。他们都属于"浙西词派"。"前七子"大都以精于经术史学闻名于世，词作成就较大者是赵文哲，他的词情味浓厚，韵致圆美流转，是个抒情高手。"后七子"名声最大的是戈载。他通音律，自诩"字字协律"，是后期"浙词"的格律派代表。"常州词派"是清代后期影响最为深远的一个词派。该派以张惠言、张琦兄弟于嘉庆二年（公元一七九七年）编选《词选》为发轫，到道光十年（公元一八三〇年）后《词选》重刻以及周济的《词辨》和《宋四家词选》刊行，大畅其旨，领袖词坛。他们主张词要有"内意"，推崇比兴寄托手法，师法温庭筠，追溯词体本源。号称"清末四大家"的王鹏运、朱祖谋、郑文焯、况周颐是近代四位影响很大的著名词人和词学家。"四大家"中除王鹏运外，其余三人均自光绪、宣统而入民国，以"遗老"的身份，唱和于沪、吴一带。由于王、况二人系广西人，当时人们又称他们为"临桂派"。他们的词学观实际上渊源于"常州词派"，是"常派"的余波。在创作上，王鹏运参与社会生活的内容较多，风格健朗挺拔，密而不涩；朱祖谋较艰涩；郑文焯通晓音律，追摹姜夔，句研意远，声韵流芙；况周颐以词为专业，致力五十年，创作实践功力甚深，他的作品能锤炼不失自然，流美中时见聪慧。

出版后记

  中华文明源远流长。在漫长的历史岁月中，我们中华民族创造了辉煌灿烂的文化成就，践行着自己朴素而真诚的人生和社会理想，追寻着具有鲜明特色的伦理价值和审美境界，展示出丰富、生动、深邃的思想智慧。在很长一段时间内，中国文化在世界文明体系中居于领先地位，其影响力和感染力无比强大，从而在铸就中华民族独特灵魂的同时，也为人类文明的发展和进步作出了重要的贡献。

  明清之际，由于复杂的原因，中国社会没有能够有效地完成转型，逐步走向封闭和衰落。鸦片战争的失败，更使中国面临数千年未有之变局，使中华民族沦入生死存亡的艰难境地。为了救国于危难，当时的仁人志士自觉不自觉地把目光投向西方，投向西学，并由此对中国传统文化进行了激烈的批判。从洋务运动、戊戌变法，一直到五四新文化运动，在近代中国救亡图存的历史语境中，传统文化的观念和形态，常常被贴上落后、愚昧的标签，乃至被指斥为近代中国衰落和灾难的祸根，就连汉字和中医这样与国人生命息息相关的文化形态，也受到牵连和敌视，被列入需要废除的清单。对本民族文化的这种决绝态度，在世界各民族的历史上都是罕见的，它既反映了我们中华民族创新发展的非凡勇气，也从一个重要侧面，印证了中华传统文化的顽强和深厚。

今天，历史已经走进21世纪，我们中华民族经过不懈的努力和奋斗，迎来了快速发展的良好机遇，国家强盛、民族复兴的曙光就在前方。在这样的时候，在这样的历史背景下，重温我们民族的辉煌、艰难历史，重新认知我们民族的优秀文化和高贵传统，不仅是一种自然的趋势，也是一项庄严的历史使命。理由很简单，我们中华民族要在全球化的背景下真正实现伟大复兴，必须具有足够的凝聚力和创造力，必须具有强烈的自尊心和自信心，而这一切，离不开对本民族优秀文化基因的认同和感念，离不开对优秀传统的继承和弘扬。从这个意义上说，中国传统文化是不绝的源泉，是清新而流动的活水。我们组织出版《中国文化经纬》系列丛书，正是为了汲取丰富的精神滋养，激发我们前行的力量。

本书系计划出版100卷，由著名的中国文化书院组织编写，内容涵盖中国传统文化的各个方面和层级，涉及文学、历史、艺术、科学、民俗等多个领域，力求用通俗易懂的语言，用较少的篇幅，使广大读者对中国历史文化有较为全面的认识，对中国精神和中国风格有较为深切的感受。丛书的作者均为国内知名专家，有的是学界泰斗，在国内外享有盛誉，他们的思想视野、学术底蕴和大家手笔，保证了丛书的学术品质和精神品格。

这是一套规模宏大、富有特色的中国传统文化读本，这是专家为同胞讲述的本民族的系列文明故事，我们期待您的关注和阅读，也等待您的支持和批评。

中国书籍出版社
2015 年 9 月

中国文化经纬·第一辑

从黄帝到崇祯：二十四史 / 徐梓 著
华夏文明的起源 / 田昌五 著
孔子和他的弟子们 / 高专诚 著
老子与道家 / 许抗生 著
墨子与墨学 / 孙中原 著
四书五经 / 张积 著
宋明理学 / 尹协理 著
唐风宋韵：中国古代诗歌 / 李庆 武蓉 著
易学今昔 / 余敦康 著
中国神话传说 / 叶名 著

中国文化经纬·第二辑

敦煌的历史与文化 / 宁可 郝春文 著
伏尔泰与孔子 / 孟华 著
利玛窦与徐光启 / 孙尚扬 著
神秘文化的启示：纬书与汉代文化 / 李中华 著
中国古代婚俗文化 / 向仍旦 著
中国书法艺术 / 陈玉龙 著
中国四大古典悲剧 / 周先慎 著
中国图书 / 肖东发 著
中国文房四宝 / 孙敦秀 著
中印文化交流史 / 季羡林 著